小说家的散文

何 申 著

我的热河趣事

河南文艺出版社
·郑州·

作者简介

何申（1951—2020），作家，生于天津。曾任河北省作家协会副主席，承德日报社原社长，被称为河北文坛"三驾马车"之一。1980年开始文学创作，著有长篇小说《梨花湾的女人》《青松岭后传》等五部，中短篇小说《年前年后》《信访办主任》等一百多篇，散文集《热河一梦》《千年醉一回》等多部，影视作品《一村之长》《男户长李三贵》等多部。作品曾获鲁迅文学奖、庄重文文学奖，以及《人民文学》优秀作品特别奖等多种奖项。

目录

236

同龄人的选择

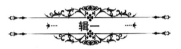

辑一

我在天津的日子

老年得子

无论过去还是现在,老年得子都是一件特大喜事。特别前面都是女孩,终于生个大胖小子,那绝对比天上掉个大元宝都美。

我是我家唯一的男孩。我上面有五个姐姐,五朵金花,人见人夸。但我小时候总想,这要是有五个哥哥多好,看这条街上谁敢欺负我!后来大了,明白了事理,吓了一跳,多亏有这五个姐姐,要是五个哥哥,这世上有没有我,还得两说着。道理呢,很简单,一家五个野小子,一个比一个能吃,一个比一个不省心,即使那年月没有节育手段,可再生第六个小子,肯定就不受待见,说不定一生下来就送人了。

1951年我妈生我时都四十三岁了。那年月女人老得快,老藤

3

结瓜稀里哗啦。那时正赶上我家的日子很艰难，多一张嘴就是多一份负担。这要是家里有五个小子，我一旦闹病，小命难保，没准就丢野地里喂狗了。谢天谢地，就因为有了五个姐姐，再有了我，家里就像保护眼珠子一样，砸锅卖铁也要保住这千顷地里一棵苗。连我们全胡同的街坊邻居，都跟着爱护。说来是太感人了。

天津的城墙是八国联军打进城后拆的，变成东西南北四条马路，现在也这么称呼。东马路上有个路口叫二道街，二道街里有个小胡同叫"解元里"，我童年的家就在这里。这个胡同有来历，早年这个胡同的名字极为不雅，叫裤裆胡同，后来这里出了个学子叫张彭龄，在清光绪元年（1875年）乡试中考了第一名，称之"解元"，从此改名解元里，文雅了。

解元里南北走向，南口是二道街，里面左右有九个院，然后就到头了，实巷，俗称死胡同。我家住7号，7号有六户人家，是个大杂院。这个"杂"字体现在有好几家从外地过来的：我家来自东北，对面屋郝大叔是山东，还有孔家是山西，还有河北的。只有住南房的张娘、李娘两家是老天津卫。若干年后，在老城里快拆到解元里时我和三姐去过一趟，只见院里又隔成若干小院，原先的老户多数已搬走，再后来这里就凤凰涅槃，变成了古楼文化街的一片地方。

话说回来，当初这大院里，是我的天堂。何娘的老儿子，跟各家自己的老儿子一样。谁家有好吃的，都想着给何娘的老儿子送点。张娘的女儿和我一般大，张娘比我妈岁数要小，干净利索，家里的窗台都镶着带花纹的小瓷砖，擦得光亮，宛若摆了真的花草。张娘爱抱我，嘴里喊着宝贝，然后就拿好吃的。

我在这院里一直长到八岁，从没见过邻里之间生气，更没有抬杠拌嘴的。夏天太热时，晚上各家就在院里搭铺睡，把我乐得不行，到处窜。我小时有点浑，在胡同里玩着玩着不知怎么就跟人打起来。我一个人，人家都是哥儿几个，按说我该吃亏，但只要有大人见了，马上就拦住对方，然后喊："何娘，你老儿子又打架了！"等于保护了我。

老城秋日

秋光灿烂，我四五岁时，我家的日子有了明显的改观。解放好几年了，政策宽松，天津老城里商业气氛空前活跃，我们胡同、院里各家各户都快乐地谋着自己的生计。

卖水果的，拉胶皮的，还有养鹌鹑的。我家对面屋的郝叔回山东老家养鸭子去了，我爸和郝婶等人，就在堂屋置了几台"捣子"（手摇冲床），砸"山字"，即收音机里山字形的磁体片。别看是小作坊给工厂做配活，但架不住积极性高，不光大人干，大点的孩子都能干。成品送去，钱马上就回来，常是干到小半夜，谁都不困，我爸就拿钱叫我四姐带我去"一品香"买小八件——都买了，别找钱！那叫一个豪气。

"一品香"在东马路水阁大街把角，老字号，专卖糕点。二道街黑，我们就绕东门里大街，沿路见不少前店后宅的都不睡忙活着，挣钱挣得喜气洋洋。"小八件"用纸包纸绳捆，连拎带抱，到家放开吃，大人吃着商量再添设备，孩子们吃几口就去院里藏猫猫。日子好了，人也就不馋了。而一旦吃不上，就馋，越馋越觉得吃不上。

要说这多叫政府省心呀。我家是1948年从东北过来的。我爸十五岁在大连商号学徒，东北叫"住地方"。他和一帮伙计到天津是投奔东家，但这时东家死了，成了西家。他死了，咱们得活呀，为养家糊口，他们几个弟兄就重操旧业，合伙做小生意，赔了本散了伙，我爸就无业了好几年。这一做小手工业，不但把自己救了，还不给政府添麻烦。

我大姐那时已经工作，在城厢区委，地址就在鼓楼（有地名没有楼）前，是一座青砖大院，院墙挺高，把头有个大门。我去过多次，跟住家差不多，里面办公人员也不多，桌椅板凳都是旧的。于是给我一种感觉，机关是穷地方，因为它什么都不生产。但它周围可不一样了，周围都是买卖家生意兴隆。可不像现在有的地方，那天我到一个镇里，一条街就镇政府大院热闹，车水马龙，左右新建的商铺多数都空着。

秋日的老城里，在那些年里就如同丰收的田地，处处有诱人的果实。当时我要会唱歌，非唱"老城里的天，是晴朗朗的天，老城里的人们好喜欢"。但往下的事谁都知道，没多久就敲锣打鼓，各家的小买卖小作坊都不让干了，合并了。我们家那些捣子什么的都拉走了，鹌鹑也都死了，胶皮也不让老头拉了，改蹬三轮。我从广播里听明白，这是"公私合营"了。

我爸和郝婶开始起早去上班，月底发工资。日子还行，但再没见他拿钱让我四姐带我去"一品香"买小八件，更没了"都买了，别找钱"那种豪气了。

老城过年

天津过年的年味浓，天津老城里过年的年味更浓。那时小孩没现在这么金贵，我胆子也大，寒假里就带几个同学去了趟娘娘宫。先从劝业场那找着海河，再沿河一直走到东浮桥，再去娘娘宫，就不迷路了。别看都在市内，我那些同学多住五大道，都是第一次来，看了好新鲜。他们都是家里有钱的，见了鞭炮猛买，见卖吊钱就不认得了，我说这是贴在窗外的，风一吹呼啦啦飘可好看了，就都买了几张，回头一问，谁家大人都不让贴。那边过去是租界地，可见不同文化的影响力有多大。

早先天后宫即娘娘宫在我眼里有点吓人，主要是前面山门的四大金刚。那时娘娘宫古老神秘加残破，传说这娘娘身下坐着海眼,她不能动,一起身就发大水了。这太可怕了,同时也表明这娘娘法力好大。每年到腊月,宫前大街就都是红红绿绿的地摊,人流如潮,说白了就是庙会。即便不买东西,也想来逛,何况年货不怕多,来了总有可买的。

我来主要盯着两样东西,一是鞭炮,二是空竹,即闷葫芦。我抖得不错,还能扔挺高再接住。但也失手摔坏,就要买新的。卖空竹的就在庙内侧房,挨着送娃娃大哥的房子,隔窗看得清楚,小男孩似的娃娃穿衣戴帽站着一群。那时没宫墙,但我四姐每次都要拉着五姐和我从前殿穿过。我知道她的用意:我在家无法无天,她又舍不得动我一个手指头,又想让我变得老实点,这就是个好场所。但我也有主意,一进去就不抬头,你说啥我都忍着,反正出了门还是我。再进正殿看娘娘,娘娘坐在一个玻璃罩子里,形象模糊,但感觉很慈祥。那时以为这娘娘不定多大岁数,跟王母娘娘差不多吧,后来才知道妈祖本是少女,很是神奇。

那时金汤桥在人们称呼中还是东浮桥,中间走车,两边人行道是木板的,为节省材料,还留着比巴掌窄些的缝儿。人是掉不下去,但看河下水或冰都是真真亮亮的。特别是夏天发水时,浊浪滚滚,我一上去就来尿。幸亏那时女的很少穿高跟鞋,否则鞋下不去鞋跟儿下去了。我四姐当时的学校 36 中正对着这桥,那学校的校舍像欧洲的城堡,很有特色,后来没保留下来。

城里年前年后还要去南市,过南马路后,再下一个大坡子就到了。南市临街二层楼不少都带花檐廊,楼上楼下,各色招牌铺天盖地,商铺饭馆戏园子澡堂子旅店多得分不出个数,还有居民住的小窄胡同,生人乍来绝对看着眼晕,但我们至此就如鱼入大海,钻来串去,该吃该玩该买东西方便得很。

我老爸爱看戏,常带我去南市的戏园子。除了演评剧的黄河大剧院大些,别的都不大,木结构,楼梯又窄又陡,坐二楼头排,就像坐在演员头顶上。倒也好,没有扩音,听得清楚,但唱的什么词,又不知道。反正我是去了先买些零食吃,然后有武场就瞪眼珠看,演文戏时,就看别处,看看就睡了……戏散了,顶着星星迷糊着回家。年根儿里,煮肉的香气弥漫在大小胡同里,老远才有一个路灯,把人的影子照得大了小、小了大。赶到影子大时,我就想,什么时候我才能长成这样……

老城开蒙

我在天津老城里生活到八岁半,这期间念了小学一年级。那时没有学前教育,就是一伙顽童可胡同可大街玩疯后,家长说可不行了,赶紧上学收收性儿。领到学校报名,老师说从 1 数到100。这对我太简单了。人家看看我的大脑袋说:不笨,行啦。我就成了小学生。

南马路小学。临街一堵青砖墙,一个拱门,长条院,平房,很简陋。旁边的大楼好气派,课间和俩同学过去看,还有扛枪站岗的,喊小孩一边去。看大牌子,法院,审犯人的,快跑。回去教室门都关了,老师发怒:回家去吧! 那好吧,得听老师的话,拎着小书包真回家了。我妈问怎么这么早放学,我说是今天我最早。张娘的女儿小荣和我一个班,比我懂事多了,放学回来喊:何娘,他是让老师撵回来的! 我说是老师让我回来的。

老城里的胡同太多了,从解元里到南马路且得拐来绕去。于是就锻炼了记路的能力,以至日后到一个生地方,只要走过去,我就能找回来。特别是到国外,语言文字都不行,一个人上街,不走太远,就不会迷路。

那个时候小学课程简单,说实话,老城里的小学更简单,无非学生字讲加减法。别看我一时弄不清是"撵"还是"让",但这点功课对我纯属小菜一碟。我爱看书,拿张报纸磕磕绊绊能念不少标题。我家胡同对面的胡同里有个小人书铺,这对我的吸引力与今天孩子上网吧相同。可看小人书要钱,没钱了,掌柜的想买点什么,又出不去,我就帮他买。他挺喜欢我,就免费让我多看几本。我爱看古时候打仗和侠客的,看不懂也看。那些小人书纸很薄,是木版印刷的,人形大,文字就在图中人物的嘴边引出的方框里:一员大将被绑,旁边坐着的人头上的方框里写"你降也不降?"大将的方框里写"要杀便杀,不必啰唆"。这是文字少的。一般有女子一出现,往往是密密麻麻一满框字。看来还是女人爱说。

10

院里的张娘李娘都爱说，我妈话少。东门里有家小电影院，她们三人去看《秦香莲》，评剧，小白玉霜演的，带了我去。进去张娘就开说，嗓门又大，李娘也不示弱，说着俩人就争论这秦香莲该不该去京城找陈世美。张娘刚强，说要我就自己带孩子过；李娘说凭什么，就该找。说得前面人扭头喊：听你们的还是听人家的。后来等秦香莲一唱"三年前，你为赶考奔京路，临行时，我千言万语……"冬哥春妹再一叫爹、娘，她们全哑巴了。

过一会儿再看我身边这三个女人，那眼泪哗哗流呀流。张娘干净，掏手帕擦了又擦；李娘邋遢，摸一把鼻涕就往地下甩；我妈性格刚强，也哭。我都顾不上看电影，净看她们了。

在城里小学那一年，我好像没学到什么。外面的世界太精彩，小小的校园，满足不了我的好奇。南市、估衣街、鸟市我要去，大姐二姐的单位我要瞅瞅，四姐五姐去同学家，也带我。去了一看，深宅大院老先生，一说这是同学的老弟弟，还就爱和我说话。我天生不怕生人，知道点什么还爱说出来，老先生一夸这孩子真聪明，我姐赶忙拉我走，怕我得意忘形，再说出些着三不着四的话。

古来孩童正宗的开蒙，多是从念《三字经》《百家姓》开始。我们那个年代，那些东西都成了糟粕，日后红太阳打头的课本还没来到，我们学的就是"大小多少人口马牛羊"，实在没什么意思。9月1日开学，10月1日到东马路看游行，游行的人都拿个三角小彩旗，一举一举的。游行队伍快散时，有人就把小旗给了路边的四五岁的小孩。我们虽然也在小孩之列，但不可爱，没人给。不给没关系，看准这一行是青年女工，齐喊着"阿姨好"，一群狼似的扑过去，没等她们反应过来，抢了旗就跑。当然，人家也没说不给。又上课了，老师问国庆节都干什么了，我也举手，举得胳膊都酸了，才叫我，我说：抢小旗去了。老师狠瞪一眼：坐下！

后来我和不少作家朋友聊天，发现我们小时候都不怎么受老师待见。我们多爱看闲书，爱胡思乱想，爱说话，爱看热闹，爱出风头（即便表面低调，心里极想），而这些都是当作家所需要的。成天就爱关屋里做算术，长大了是陈景润。作家莫言，别以为话少，是话太多了，才提醒自己"莫言"。

天津老城开蒙了我，不光认识了"大小多少"，更使我开始接触社会，尤其感受了这个五彩缤纷内涵丰盈的津门故里，这一切，让我终身受用。

老城美味

我小的时候，要说饭馆子也不少，可要是全家人说咱去吃一顿，绝对不容易，甚至有些奢侈。即便你有钱，旁人也会说：这家子，不会过。要是让单位知道了，一上纲上线，说你贪图享受，你就且"进步"不了啦。

上世纪50年代还好点。有一天东北的表哥来了,他在沈阳杂技团工作,戴前进帽穿皮夹克大皮鞋,倍儿帅。我领路,他去东马路火车票预售处买票,排大队。他可真行,让我一个七八岁的孩子排着,他出去逛。排到地方了他还不回来。我脑瓜还行,一个一个把后边的让到前面,等他回来了,马上就买了。

他挺高兴,夸我。我说你不光动动嘴就拉倒,他说咱下馆子吧。公私合营后,就没有个人再开饭馆,原有的也不装修,破旧得一个个都像老字号。老城东西南北角为交通枢纽,繁华,馆子集中,我俩在东南角进了一家。晌午了,也没几个吃客,人家一看小伙这打扮,说楼上请。楼梯一踩吱吱响,时光退回几十年,要一个咕咾肉还有什么,我也饿了,一顿猛吃。表哥吃几口不吃了,要碗汤。我说你怎么不吃,他说怕胖。"胖怎么了?""我演空中飞人。"噢,胖子,飞不起来。

回家跟我妈说我不演飞人,你也做个那样的菜。我妈说尽量多放些油吧。我妈东北女人,心大,舍得花钱。这会儿我爸和三个姐姐都工作,日子不错。平时家里总有槽子糕呀小八件呀什么的,她就往我嘴里塞,以至于我十多岁后就胖。同学先给我起的外号叫"得得"(逮逮,后字念二声),这俩字可能就咱天津人懂,非常形象:身上肉多,一跑,肉颤。其实我没那么胖,是壮,主要是当时的人都偏瘦,小孩更一个个猴似的。等到上初中我瘦下来,脑袋显大,绰号大头。那会儿同学之间若叫名字,说明关系一般,关系好的都叫外号，没人反感。几十年后忽然通电话，说我是谁谁谁，想不起来，那边急了，说我是"大梨"，这边哎哟一声，连当初上课一回答问题他就揉鼻子都想起来了。

我小时候不怎么好好吃饭，但架不住老城里零食诱人，比如胡同口哨子般的一响，就是来卖大梨糕（小孩都这么称呼）的，一串木碗相互扣着冒热气，打开，雪白，豆馅，再浇红色透明的酸糖汁。其实这东西是看着好吃，说实话，饿了不管用，饱了没感觉。还有爆米花、棉花糖等，但甜的我不爱吃。我最爱吃刚出锅的乌豆。用纸卷一个锥形桶，装得带尖，实际没多少。乌豆不能拿回家吃，那就凉了，讲究趁热在街上边走边吃。那时街上没垃圾桶，用手一挤，带点芽的蚕豆香喷喷咸滋滋地进了嘴，皮儿往路边树坑一扔。这东西我吃多少没够，日后我净自己在家生蚕豆，有时煮多了，上顿下顿地吃，媳妇乐了，说这倒省了做菜了。

二道街将近东马路有纵向胡同，把角有大饼铺，还有卖熟肉的，主要卖"杂样"。大饼卷杂样，好吃，但这个不能在路上吃。在路上两手抓着饼卷子往嘴里塞，头发再长点，就像刚从监狱里出来的。杂样现在人们都不稀得吃了，那时得隔几天才舍得买一斤半斤的，用草纸包，到家油都不透。杂样，顾名思义，就是猪头肉、心、肝、肺，还有粉肠等的组合。其中最差的是肺，买时要说掌柜少盛肺，掌柜的才不听呢。我最爱吃粉肠，一般是到家了，粉肠也没了。

还有卖羊杂碎的，上午煮，下午卖。夏天差点，到了冬天，小风一吹，香出去多半条街。这东西，可能也就咱天津是捞出来切碎了卖，当下酒菜。在内蒙古东北承德那一带，都是连杂碎带汤成了"羊汤"，就热烧饼吃。一大碗羊汤，一个烧饼（比天津的个儿大），早上吃了，饭量小的能顶到晚上。缺点是咸，吃时不觉得，完事你就喝水吧。所以，一般晚上不吃，吃也少喝汤，要不然这一宿你就喝了尿、尿了喝吧。

老城的风味小吃有好多，我那时小，玩是最重要的，吃次要，但还是记住了些。说来，对吃的东西印象最深是低指标时。人饿极了，吃了什么才记得深记得牢。我上面说的与那时就差二三年。早知道就多吃多塞，像狗熊冬眠前打好底，好迎战"瓜菜代"，即粮食不够吃，用瓜菜代替。这也是1960年至1963年的代称。

民园笛声

1959年暑假，终于不用每天上学了，本来我想痛痛快快玩一气，谁知搬家了。我不知搬到哪里，就觉得离城里好远。一开始我跟着走，后来太累，我钻进车上的大缸里。东北人家冬天要积酸菜，所以过日子必须有口缸。积了也不都是自己吃，天津人也爱吃，每年差不多有一半送邻居们。

搬到和平区的黄家花园，感觉这边环境比城里要干净整洁得多，街上人也少。只是我不习惯，住大院一天到晚过节似的，一家的热闹事，也是全院的热闹事。住楼不行，只有楼道一两盏昏黄的灯是共用，有话都在自家屋里说。

梦中还在城里，醒来人到民园。9月1日新学年，我进民园小学上二年级，坐在教室，顿时发蒙，人家讲的，我有点听不懂。比如上音乐课，在南马路小学压根就没讲过音符1234567。一开始我还奇怪，这七个数怎么能唱呢？还好，都是全班同学一齐唱，估计也不光我一个滥竽充数的，慢慢也就对付过去了。

那年是新中国成立十年大庆，节前一派喜气洋洋。学校、个人家不必说，连街上都整得干干净净，墙和树干齐胸下刷成白色，看上去那叫一个舒服。大人们都忙，好晚才从单位回来。学校里处处是歌舞声。我五姐和我一个学校，上五年级，她和同学跳舞蹈。我嗓门大，被选进合唱队，天天站成排，准备国庆节的演出。就几首歌，也不发歌词曲谱，老师一句我们一句，还分部唱，挺像那么回事的。等到快到日子了，彩排，要求男孩子白上衣、蓝裤子、白球鞋，女孩花裙子，这就成了问题，特别是白上衣，能有一半人没有。我就没有，一个秃小子，可地弹球拍毛片再上树爬墙，家长还给你做白上衣？你能穿出白色来吗？

正好，那些天我借了几本小人书，就想回家往窗边床上一躺，好好欣赏一番。我说没白上衣，我不唱了。老师发火说你敢，你嗓门大，一个顶好几个，不能不唱。然后又说你唱的是《我们是共产主义接班人》，这点困难怎么都克服不了！我说好吧，能不能当上接班人，那就看我妈了。老师又要发火，我说本来嘛，我妈要是给我弄了白上衣，我就唱。

要说那年月人的精神状态确实好，有时都好大劲了，可就是要啥缺啥。我妈还真不错，把这难题解决了，用我四姐穿过的白上衣改了一下，穿到学校还有同学嘲笑，说你这是女式的，领子是圆的。还真得佩服人家，长知识。这就开始演，在常德道一个礼堂，再去少年宫什么地方演。

还停课在民园体育场组字，一个挨一个坐在看台上，一人手里有几牌彩色块子，有人在下面指挥：一声哨，举什么颜色，又一声哨，再举什么颜色的。不能走神，更不能动，说这样组成的字才好看。但最终组成的是什么字，我们是一概不知道。民园的看台是水泥麻面，晒一中午，下午去了一坐，烫屁股。那也得硬往下坐，烫得直放屁。坐两三个钟头，胖子还能坚持，瘦子龇牙咧嘴，硌得尾巴骨疼。

盼呀盼，到了10月1日，早上要挂国旗。楼里的国旗放在我家，我爸很郑重地从箱子里取出，插上竹竿，成七十五度角悬挂在楼门口。每家楼门口都挂，一眼望去，整条街都是红的。二年级学生太小，不参加游行。中午大人都回来，我就去稻香村打啤酒买熟肉，然后和我爸我姐夫们坐一个桌上吃喝，听他们说这说那。别看我小，我跟他们一个系列。我妈我姐姐她们端碗捞面，娘几个在另一边乐和。

对啦，当时我们的男音乐老师会吹笛子，让男生每人买一支，教了几次，然后一个一个上台吹。结果，全班就我一个人让他选中，进了全校的少年笛子队。这下可麻烦了，一直到六年级，我始终是这个队的骨干，到处跟着演出，几乎所有寒暑假都玩不了几天。那时营养跟不上，练半天，光得出气，完事一站起来都迷糊。等上了中学，老师问谁会吹笛子，我一声不吭。打那就没再正式吹过，但现在拿起来，还能吹，而且别人一听准说"原先吹过"。

那时，民园小学的笛子队，全天津独一份。在东马路少年宫演出，二三十人吹成像一个人吹的，可不容易。

墙子河边

在黄家花园，我最常去玩的地方之一，就是墙子河。那时墙子河两边有上海道和南京路，日后挖没了河，三合一，就有了今天的南京路。上海道窄，临河垂柳院门半掩。南京路有公交车，"三"路，傍着河堤缓缓地开。长街人稀，坡岸碧绿，晚风送爽，夕阳林梢。走在今天南京路上的年轻人，很难想象，当初这里还曾有过这么一道风景线。

当时墙子河水可不臭，挺清亮的。教堂河边园清池，有名的大澡堂子，好几层楼，越往上洗越贵，地震后都挤一楼洗，好跑。

园清池往外放水,冬天那一段河面不结冰,腾腾冒白汽。教堂前面滨江道桥是铁的,夏天从河岸树荫走到那儿,定去路口把角制人造冰的厂子看热闹。大块的白冰从窗口唰地滑出来,冒凉气,用铁钩一钩,叭一声落地,砸出不少碎冰块。小孩们捡了啃、嚼,梆硬,叭又一声,牙崩去一角。那冰吃了不闹肚子,是凉开水制的,直接做刨冰卖。

墙子河上的桥名同道名,营口桥、长沙桥、山西桥、河北桥、湖北桥等都是一个造型,单孔,水泥结构,坚实厚重美观。车道居中,人行道在两侧高出一尺,安全,车开不上来。由于两岸地势不均,从南京路上看,有些河段就是地上河,故堤岸高大宽展,树木由此也就有生长空间。那时孩子玩的都是原生态:弹弓打鸟,竿粘蜻蜓,隔河开仗,比谁水漂打得多。大人也去溜达,晚上则是搞对象的好地方。大家相安无事,挺祥和的。

可过了一两年不行了,"瓜菜代"了,吃不饱,也顾不上环境卫生,河水说臭就臭了。还不错,河边一早一晚变成"黑市"——自由市场。虽然价格贵,但终能买到些商店买不到的东西。我们小孩再去河边,肚子里缺油水,也没劲玩。一股香味飘来,炸荷包蛋,好馋人,只能看,心想什么时候能管够造一顿呀!

有个小要饭的定是饿极了,抓块摊上的点心,边跑边往嘴里塞。一个胳膊戴红箍的追上就是一脚,还要踢,众人说算啦算啦怪可怜的,我们起哄喊"大人打小孩不要脸"。那家伙还不依不饶,指着我们说也不是好东西,早晚蹲笆篱子。

笆篱子是嘛?问人,人家说是监狱。"这王八蛋他咒咱们。"我们中间有高年级的,不服。天擦黑,"红箍"在桥根临水处拉屎。嘿,说咱们"蹲",他在那儿蹲着呢!我们一人抓一块土坷垃,在桥上喊一二三,一齐朝下扔,就听水声骂声乍起,然后就憋口气猛跑,散伙,十多天内不敢再来。

后来我上34中,一开始走山西桥过保定道。但保定道松寿里有一拨小子截道欺负人,就改走河北桥。学习雷锋后,放学过桥是上坡,就做好事,推三轮。三轮车是当时城市里主要运输工具,满载平路还行,上坡太费劲,谁在后边帮着推一下,轻松不少。上了桥人家是真感谢呀。咱肚子更饿,但心里高兴。别看这等小事,就养成我们这代人一辈子崇尚助人为乐。为什么老了爱上当受骗,跟这都有关系。路边有学生模样的求助,说回家路费丢了,那可得帮一把。过好几天又见到,问你咋又丢了?还给。回家挨儿女数叨,也不长记性!

等到1966年夏天,有一阵我不去河边了,有人跳河自杀泡得好大,吓人。我还奇怪,这河水不深,怎么就能淹死人呢?那年秋天学校组织学生劳动挖河,水放光,弄清了:淤泥太多太臭,人下去即使不淹死,熏也熏死了。看来不是运动逼得人没了活路,是不会一头扎到这河里来的。

挖时说加小心可能有好东西,真有,瓷器,还有银圆,布包着,一卷子二十多块。地点在桥边,肯定是谁一看要抄家,这东西留着是祸害,快扔。挖出来一擦,银白雪亮,袁大头原来胖乎乎还挺好看的。赶紧上缴,也不知落谁手里。接着再挖,咣,碰着硬的了,喊又挖着了!呼啦都围过来,说是金元宝吧,这么大个儿!

好不容易从泥里挖出来,死沉死沉,抬上岸,用水一冲,大伙一看全跑了——炮弹!

"皇家"美女

上世纪 60 年代初,尽管"瓜菜代",又值长身体的年龄,腹中需求旺盛,但一走在黄家花园街上东瞅西望,也就淡忘了。到了1964 年,经济形势好转,以西安道山西路十字路口为中心的黄家花园,即复为繁华之处。我家住长沙路,还有五大道靠近河北路的人家,日常买些什么一般都到黄家花园来。

黄家花园有个"小百货公司",在山西路上,面东临街一溜门店,生意极好。柜台与收款台上空有一条条呈放射状铁线滑轨:四下售货员把小票和钱、布票、线票等往小板上一夹,喊声"收款了",用手或尺猛推(甩),那板儿嗖地一下就顺着铁丝滑向中心收款台。有的距离远,动力不足半道停了,会有顾客伸手帮着推一下,没见谁伸手给拽下来。后来变成电动的,半空中钱、票来来往往。日后我在景区一坐上缆车,就想起商店里这原生态的运载工具,那应该是缆车的设计原型。

为了度荒,那几年政策宽松,加上年景好转,吃的用的多了,有些洋东西老东西也出来了。西安道上有委托店,我净进去看,什么外国钟表、金银首饰。临街大玻璃窗,隔三岔五就有新奇的物件亮相,有次摆了一辆崭新的英国产的"凤头"牌自行车,引爆眼球。那时谁家有辆飞鸽、永久车子就不错了,比自家孩子还亲,住三楼还天天往屋里扛。"凤头"车后轴有变速装置,走起来嗒嗒响往前蹿,鹤立鸡群。玻璃窗外的人看那车,就跟现在人前些年看奔驰、宝马一般,心里可能都想,自己这辈子恐怕有不了这样一辆自行车。

骑不骑"凤头"没关系,黄家花园的人都挺知足的:早上买得着豆浆馃子,我上学花一两粮票五分钱吃锅巴菜,一毛喝馄饨,还是排骨汤。三分钱一根冰棍,五分钱小豆的,多半载红小豆,饭量小的,吃两三根能顶一顿饭。刨冰一毛一碟,吃到最后喝冰水,酸甜,喝完冰得脑袋发木。人称"大合(作)社"即菜市场,卖菜肉鱼什么的,大木桶里有时还有活螃蟹,哗哗地往上爬再掉下去。大家都知道日子会一点点好起来,说实话,真没有人想再搞一次革命呀——把凤头标说成资本主义砸了?把早点铺说成修正主义改向阳食堂?这都哪儿对哪儿呀,抽风呀,可后来却都干了。

当时最有意思的一件事,是"大合(作)社"临街是糕点店,我上初中,天天从它门前过。有一阵这店的生意特别好,而且主要是有两截柜台特别好，买者又多是青年男子。一开始我不知这是为什么，后来一个同学书包里总有槽子糕，我说你家够有钱呀。他说有嘛钱，都是他哥为看这里的一个女售货员，天天来买点心，工资月月不够花，把他妈气坏了，说这店里出了狐狸精。

至于吗？有天我妈让我去买点心，看清了，真不假，那女的二十来岁，高个儿，大眼睛，头发乌黑波浪，面似凝脂，待顾客热情又不失稳重。跟那些卖货的大娘大妈站在一起，用鹤立鸡群都不合适，只能是仙女与狼外婆。她的绰号是"皇家美女"，即黄家花园的大美女。就这等模样，一看就不是出自一般人家，分明是"资产阶级小姐"。1963年强调阶级斗争，转年又"四清"，家庭出身就成了考学、工作的重要条件。她要长得丑反倒好，这么招人眼，那就得接受考验。她的柜台前总有人排队，旁人干闲着还不领情。后来就不见她卖糕点，去卖带鱼了。那些小伙又去买带鱼，臭带鱼，从店里出来一个个浑身腥味。

再后来"皇家美女"不见了。我问同学是不是成了你嫂子，同学说可怜我哥呀，白买了那些点心和带鱼。美女，是让一个路过的军官给带走的。这事和普希金的小说《老驿站长》特相似。可以理解，在那个年代，美女虽出身不好，但同样希望自己能生活得更好些。而我再去店里买槽子糕，就不抬头，拿了就走。

残阳夕照

当初民园那一带特别肃静，重庆道和常德道之间看似背靠背都是房子，其实当中有不少空地。但进去得从挺高的墙上走。我有点恐高，人家同学嗖嗖如走平地，我小心翼翼不敢四下张望。忽见一片荒草地和砖头瓦块，就跳下去玩。那些砖瓦搁今天就是金砖银锭。当时，谁能想到有朝一日地皮会这么珍贵，又在五大道上。

怎么就敢上墙头钻荒院呢，没人管？只因为同学家就在这，发现也没事，顶多说小心别让你爷爷看见，他爷是谁同学也不说。去他家，见他爷留着花白胡子坐太师椅腰板笔直，问你爸爸原先干啥事由。我说听我爸说他从小在东北"住地方"。他爷爷眼睛一亮来了精神，说"住地方"是我们东北方言，就是到商号当小伙计，吃住在人家那个"地方"，想当初……后来知道他原是东北军的。还去过几个同学家，都吃着"定息"（公私合营后给资方的股息）。虽然那时似懂非懂，但电影戏剧脸谱化，已把社会上的人分成几类，关系挺紧张的。跟他们一接触，又感觉没那么邪乎。我还想：就他们这些人总想着翻天？一不像，二也办不到呀。

民园体育场那时常年开放。春天杨柳青青，早晨先去那里踢一阵球。阳光灿烂，再在看台上走一圈，乏了仰面一躺，颇有《回

24

延安》"头顶蓝天大明镜"的感觉。特别是过了"低指标",生活渐渐好起来,普通人对未来生活充满了希望。但有不是"普通人"的,有一天同学爷爷死了,他一点难受的表情也没有。他说他爷爷早年算过卦,说他如果活到八十岁就得化成一团烟,现在七十九,躺在棺材里走的。我俩都认为这卦不准:当时是提倡推行火化,但不强迫。可转年夏天文革闹起来,真就见过抄家时正赶上那家出殡,硬是把人拽出来把棺材给烧了,人火化。不过,如果他爷没赶到那点上呢,所以那卦还是不准。

那时小学半日制,下午去学习小组。小组三四人不等,一块做作业。我不愿去小组,经常是上这堂课就把上堂课作业偷着做了,下午光玩儿。但不行,老师要求各小组得有一个功课好的,能辅导别人。有个女生家住民园旁河北路上,楼上楼下,她家有不少成套的连环画即小人书,包括一套崭新的《三国演义》。这可吸引了我,去了,他们做作业,我看小人书。有一天赶上她爸在家,和我聊"三国",我关张赵马黄挺不含糊地白话一气,后来问您在哪儿工作,他说在 16 中(耀华中学)教历史。我一下哑巴了,知道遇见了高人。他挺高兴,说这些书天天摆在这儿,我女儿一本都不看,你连人名都背下来,将来搞文学没有问题。

一夸,我又来神儿,问为嘛刘备一死看着就不带劲了呢?他说这证明你看进去了。我等着听,人家上班走了。没能得到 16 中历史老师面授,很遗憾。16 中当时名气很大,我小学毕业曾要报"16"，后来首选"男1"（中），结果去了34中。其中有些文章，这是后话暂不提。

学习小组并不固定，我功课好，别人愿意找。我喜欢和爱看书的来往。有一阵我们几个"话友"每天早早到校，冬天把火点着，然后围着炉子烤馒头，学说在收音机听的《杨家将》《隋唐演义》《水浒传》，还有什么书，当然必有相声。

渐渐老师知道我能讲，赶上自习课，说你给大伙讲故事吧，他走了，我站前面一通神侃。先背一通隋唐好汉排名，从第一条好汉李元霸到十六条秦琼。讲半堂课讲累了，就研讨黄骠马和赤兔马哪个跑得快，大伙争论起来，乱成一锅粥，我也就歇着换别人了。日后我不怵头在人多的场合即席讲话，人越多讲得越好，可能就跟在民园小学的经历有关。民园小学和民园体育场那一带，留给我心中的画面就是生机勃发的春天，很美、很美。等运动一来，就完了。

二池碧波

二池，就是西安道和长沙路把角的第二游泳池。上世纪60年代，和平区一、二、三池，二池条件最好。一池小，三池呢？我有天中午去，见池里一个人也没有，心中大喜，纵身而入，然后咣地一下，就感觉脑门子撞墙一般，赶紧爬起来，水面刚及膝盖，浅池！

好悬,大青包好长时间才消下去,再不去了。

夏天游泳,对一般人来说就为凉快。但1963年以后,渐渐就提升到革命与否的高度,凡革命者得到"大风大浪里经受考验和锻炼"。要"大风大浪"就得去海边,去北戴河不易,那咋办?只好自己兴风作浪了:列大队推着大标语还背着枪在海河里顺流扑腾一气;还组织万人横渡水上公园西湖;等等。说是激发反帝反修斗志,实际等于上班游泳,会水都愿意参加。历史证明,凡搞轰动的大事,说是大多数人都拥护,其实呢,天天唱歌有说有笑,不干活工资照发,傻子才反对。

那时天津市区周边大水坑甚多,都是窑场挖土挖出的深坑。没有哪个水面前立牌告诫禁止游泳这里危险,海河一到夏天就跟煮饺子似的。断不了就有溺水的,远看河边有块破席子,下面就是冤魂一条。旁人跟没看见一样照游不误,特像《动物世界》角马群面对同类遭难而继续吃草。毕竟天津夏天太热,当时连电扇都少见,难得到水里凉快一下,也就顾不上许多了。

二池离我家近,又安全,我就在这儿游。一张票五分钱,游一个小时。内中浅池深池各一个,深池人少,但得考试:踩水三十秒,连续游一百米。合格,在游泳证上盖章,存衣服时给条红带,系脖上,就可以出入深池了。一开始很羡慕人家系红带的,练了一阵自己也过关了。又羡慕人家皮肤油黑肌肉发达,然后就练双杠单杠还专拣中午去游,身上沾水太阳一晒,皮肤就由白变红再

27

黑里发亮，有点皮实健壮的样子了。

二池的水是循环的，有一个大水塔不断地把水抽出，雪白的浪花在半空中绽开，再流淌下来在太阳光下晒、消毒。浅池是长五十米宽二十五米的标准比赛用池，瓷砖雪白一池碧波，经常有国家级的比赛在这里举行。电影《水上春秋》里好多场景就是在这儿拍的。穆祥雄是天津人，获世界冠军，也激发了天津人对游泳的热爱。

盛夏里二池还开夜场，两毛钱一张票，是青年男女的专场。谈着恋爱还锻炼了身体，比现在吃喝完找个包厢关门吼强多了。二池旁边的复兴花园有转椅铁索桥单杠，还有铁棍组成的樊笼，正好替代双杠练双肩支撑，俗称"揣块儿"，上初中后我每天的目标是二百个，练一夏天胸大肌就鼓起来，再加上游泳，练的结果都给上山下乡打了基础，身强力壮，下乡头一年就挣满分。

二池的碧波映射着人们对生活的热爱。到冬天二池在泳池前的空地还铺冰场。大冷天站在我家三楼阳台能看见冰场一个角，灯光闪烁人如飞燕，歌曲有张振富耿连凤的《逛新城》。人家父女走得欢，我心里直发痒。那时自己有冰鞋的极少，我滑过两次，租鞋，挺贵，不好意思找家里要钱，就很自觉地不再去了。

黄家花园这一带楼房密集，唯有二池和复兴花园有难得的一池碧水一片绿地。仰面躺在水中，天空好蓝好大。有时真想过将来长大会干什么去哪里，但说什么也想不到会去塞北。

小小少年

1964 年考初中前,学校把六年级班级打乱,按平时成绩分甲乙丙仨班,目的明确:确保升学率;力争多考入名校。我们班五十多人,分到甲班的女生十人,男生二人,有我一个。目标 16 中和男一中。

当时已熬过"低指标",经济复苏民心安稳,连我一个小小少年都能感觉出来。我爸在渤海无线电厂是新产品试验小组组长,早出晚归。大姐大姐夫在和平区委,二姐二姐夫在天津市委,三姐三姐夫在天津工学院,四姐在商业上,四姐夫在市博物馆,五姐念书。我,功课一点不费劲,有大把的精力去玩。也不光是我,大家都觉得生活内涵已由 50 年代的激情、简单渐渐变得沉稳而又有点情调了。更何况,天津人本来就特别热爱生活。

电影院,无疑是最吸引人的地方。片子也不都是一味打仗的,国外进口片在艺术馆等电影院放,越剧版《红楼梦》放三小时,把我都看睡着了。一些老戏也挖掘出来演。先前都穿布衣布鞋球鞋,这会儿也有穿皮夹克大皮鞋的在街上嘎嘎走。劝业场惠中饭店与和平路交叉口最早出了擦皮鞋的,看的人远比皮鞋多。擦鞋的美,显手艺,刷子布巾擦得叭叭响,鞋面贼亮光滑,蚊子都站不住,再看,半盒驼鸟牌鞋油下去了。人们心态平和,不想凭什么你吃烤鸭，我喝馄饨，你穿皮鞋，我穿球鞋。要想就想我好好干挣钱，好日子不远了。若问想不想再折腾一回，肯定说前几年的罪还没受够？快饶了老百姓吧……

我常去儿童电影院看电影，五分钱一张票。赶上新片，买票比低指标月初去粮店买粮还挤。售票处木板上掏一半圆小洞，麻竿胳膊也只能伸进去二三条，小手捏着钱喊：两张两点二十的！三张四点五十的！再满头大汗挤出来，自豪得如打了胜仗。为嘛我们这代人特别能吃苦，跟这都有关，看场电影都得玩命！当然，玩命之后的欢乐，是现在年轻人不可想象的。

看电影我还有点便利条件，我二姐后调到文化局，票多。楼下伙伴小宝大我一岁，胆大，净我俩一块儿去。都吃晚饭了，有票，一宫。他骑他母亲的"三枪"高把女车，我骑我爸的"钻石"男车，个儿都没长高，够不到脚蹬子，屁股两边拧着骑得飞快，闸也不灵，到和平路四面钟差点撞了公共汽车。好容易赶到一宫，一掏票，把门的说：这片小孩不让看。可气死人啦。

去干部俱乐部看《兵临城下》首演，散场了天大黑，一辆辆小汽车从身边过，小宝想起电影里的情节说："这里可能就有国民党的大官。"坏啦，身后一大人就一路跟我们，从佟楼跟到马场道，跟到成都道，小半夜，到了把小宝拉到派出所。找小宝他，他妈周婶见过世面，问那傅作义是不是国民党大官？把他们都问哑巴了。到了也不知那位老左是谁，都左到偷听俩小孩的悄悄话了，太可怕了,胜过"东厂"!我妈说得挺准,她说打闹胡子(东北方言,指土匪)她就品出个理儿——但凡日子好一阵子,就该瞎折腾了……

一家子多一半党员干部,谁信她的。往下却不幸被她言中。但在那之前,我才不管那些,集邮(劝业场四楼有专柜),放风筝(四姐夫给的,展品),养热带鱼(自己做鱼缸),逛艺林阁(二楼卖字画,张大千的美女、徐悲鸿的马,四尺竖幅,人民币三十元),斗蛐蛐儿(法国教堂旁胡同专卖),玩得不亦乐乎,比他们上班的都忙。

突然有一天六年级的班主任在操场上叫住我,问:国家建设需要有一批学生去甘肃建设兵团,你响应号召不?我毫无思想准备,只好说:这事得回家问我妈。

老师说:别问了。

他走了,又诈另一个同学去了。

罢了,孩子诚实,终究斗不过狡猾的大人。评语中思想进步不进步,老师就是这么得来的。考完了离校了,也没见哪一个同学去甘肃。然此风未绝且愈演愈烈,以致后来逼得人人都学说假话:下乡了,明明盼着快点返城,还信誓旦旦说要在农村扎根一辈子。这会儿想想,老脸都发烧。这等做法,可得杜绝,否则这个社会就不会有诚信。

话说回来,自我感觉考得不错,报男一中,发榜,也不公布分数,分哪儿去哪儿——34中。过两年运动起了,在街上见到从我们楼搬走的一个男孩。他小我一岁,全家从农村来,出身贫农无疑,但功课底子薄。这时他胳膊戴着男一中红卫兵袖标。再想我们班五十六个同学,才出了一个红卫兵,我朦朦胧胧就有点明白升学的主要标准是什么了。

不过,只要环境还没有大变,小小少年,烦恼还是少。1966年盛夏前的黄家花园,还是绿树成荫熙熙攘攘,一派祥和景象。许多和我一样的孩子,还都在编织着自己一个又一个美好的梦。

2017年夏于塞上承德

黄家花园旧事

民园小学

一觉醒来，人已到黄家花园。

中华人民共和国成立十周年大庆，节前一派喜气洋洋，成都道当中有绿色的花草隔离带和路灯，两旁人行道树干下半部刷得雪白，公共汽车是意大利的菲亚特，短鼻胖肚，大甲壳虫般慢悠悠从体育馆那边开来，曙光电影院前有一站，别着急，买根小豆冰棍慢慢嘬着等车。

我爸在"渤海"（无线电厂）上班，早走晚归。四姐念高中，五姐和我一个学校，她上五年级，暗中监视也护卫着我。没事儿，我不打架，就是上课爱说话，纪律差点，常被老师留校，让我妈来接。我妈小脚，我心疼她，能老实两天，然后又犯，再留，再接。

我嗓门大，进了合唱队，唱"我们是共产主义接班人"，让我唱二部。唱一部"接班人"调儿往上扬，唱二部往下，"班"要唱成"板"，太别扭，好多同学一唱就随一部调儿走了。我们有几个行的，能跟大部队拧着来，当然也是按歌谱唱，后来发现，多是不怎么遵守纪律的，不像正经好接班人。

学校男音乐老师笛子吹得好，组队时想找些男生学，然后一个一个吹，全班就我一个人被选中。到我三年级时，长沙路小学笛子队就挺出名了，我还是骨干，到处去演出。全校搞活动，都列队站着，我独自游荡，新来的女辅导员大怒，喊你干吗去！我从怀里掏出笛子，瞥她一眼说我有节目，把她弄个烧鸡大窝脖。那时也办课外班，一月五毛钱，女辅导员希望参加的人多，特别是功课好的。我功课好，但就是不去。后来她来家访，对我也友善，只好去参加。转年夏末她要去北京读书，还带着我们四个同学去水上公园划船。她家住在潼关道，临告别时，她和女同学流了眼泪，我虽没流泪，但鼻子也发酸。回来上趟潼关道大厕所，臭烘烘，出来鼻子不酸，挺后悔，才生出些柔情给熏没了。

那时民园体育场跑道铺炉灰渣子，下雨天不起泥。夏天，我们一早先去那儿玩一阵再上学。看台是水泥的，中午晒热，烫屁股。搞大型活动，坐看台上组字：一人手里有几块彩色纸板，听下面指挥，一声哨，举什么颜色，又一声哨，再举什么颜色的。不能走神，更不能乱动，都说组出的字很好看，但我们看不见。

现在民园体育场建成欧式风格，踢不了足球了，但能暴走。前年我回天津去了，那儿有我外甥女开的西餐厅，吃着我叫不出名的牛排和洋酒什么的，往窗外抬头一瞅，我眼里还是蓝天下一圈白灰色的看台，四角有照明灯，主席台是上翘的天棚。我们在看台上组字，中午让带吃的，最好的是那种老面包，甜中有点酸口。不许带水。那么多人，不能上厕所，憋死啦。

墙子河边

我家住在长沙路26号，往16中走，有长沙桥，左右就是墙子河。后来墙子河消失，变成今天非常繁华的南京路。当初的南京路不行，只是墙子河旁很偏僻的一条窄路，随着河走，弯道多，跑三路公交车，晚上路灯暗，岸树密。和南京路隔岸相对的是上海道，地势高，有住户，如临河人家。

墙子河水是后来臭的，原来河水清亮过。从营口桥至湖北桥这一段，从南京路那边看是地上河，堤岸高高，树木茂密，景致很美。我们主要在滨江桥至山西桥这一段玩，用弹弓打鸟，粘蜻蜓，隔河开仗，扔土坷垃，找石片打水漂，打好能嗖嗖嗖飞到对岸。春柳依依，夏日荫凉，秋林夕阳，冬雪冰霜，今天的年轻人很难想象，当初还曾有过这么一道风景。

墙子河上的桥名同道名，好记。营口道营口桥、长沙路长沙桥,还有山西桥、河北桥、湖北桥,等等,都是一个造型,单孔,水泥结构,坚实厚重美观。桥护栏也是水泥的,下面一溜圆柱,人钻不过去。那时孩子都淘得不行,讲究从桥外走,显英雄。外边有半尺多宽的沿儿,人家嗖嗖就走过去,我鼓足勇气,到了桥中央,不行了,英雄不好当,手抱着圆柱,一点点挪过去。还是从桥上走安全,后来上语文课念"人间正道是沧桑",我成心念成"人间正道是桥上",引得全班都乐,被更正后还问沧桑是嘛,老师来气了说你掉桥下就沧桑了。我说你得比我先沧桑。我大姐在区委,校长跟她熟识,所以我不怎么怕老师。

星期天去二姐家,他们住在小白楼,我走西安道到成都桥,然后走河堤到湖北桥下来,路过公安医院,到浙江路他们家市委家属大楼。那天,二姐夫弄了些奶油来烙饼,要说那是太好吃的东西了,我也吃两口就够了。我爱吃什么?我爱吃大米饭、炒土豆片。小时候,有一阵除了这饭别的什么都不吃。

顺着墙子河能一直走到海河边,但有些地方不好走得绕过去。墙子河入海河处有个闸,总关着,海河水位高,若开闸墙子河就灌娄儿了,说不定要淹了哪里。所以,墙子河那点可怜的水只能自己沤着,加上生活污水,日久天长,没个不变质。

西安道上

西安道的繁华是从文化教育开始的:西安道"一小"把着路口,斜对面还有"二小",由此往东,吃的用的玩的看的一应俱全。现今有介绍"五大道"的把这一片都囊入,不准确。即便我家住长沙路,要去西安道与山西路交叉口一带买东西,也说去黄家花园,黄家花园主要指那一片。当时"五大道"就是居住区,安静,但买东西出门坐车,都不如黄家花园方便。

西安道第一小学那座小洋楼二层,两边各有一高亭,很好看。我在我家三楼房顶放风筝,隔老远风筝就曾挂在那上头。"一小"后来给拆了,太可惜。还有旁边的临河里,也没了。临河里是一溜连体小别墅,路口有家小人书铺,我经常去。店主老头死抠儿,二分钱一本,就让看一遍。那也有法儿,快看完,假装失手掉地上,捡起来从头再看。

最里边的一幢二楼,是我同学王维的家。王维与唐代大诗人同名,有一阵学习小组设在他家,我天天去。王维人聪明,爱咬手指甲,爱显摆,上学路上对面有条狗,他对我说那狗他熟,我说你能叫来吗?他说没问题,就喊"倍儿掐、倍儿掐",那狗嗖的一声就蹿过来,王维害怕了撒腿就跑,狗在后面撵。到学校一看,王维好惨,膝盖都撵出血来了。王维说,我是不是有点叶公好龙?我说

37

是条好狗。

西安道上有一家粮店，买粮食如同战斗，不说了。旁边早点铺"五满意"是我光顾最勤的地方，上初中，每天早上都去那儿喝豆腐脑，跟师傅说笑，希望多给淋点麻酱。不管用，还是小竹片一蘸，淋一下。那也没法，赶紧找地方就着窝头、馒头喝，人多时就站着吃。回家，我妈让我去对面"合社"打麻酱。"合社"即"合作社"，其实就是副食店，公私合营后的新称谓。"合社"，有时代感，又有天津话特色，"吃"了中间的"作"字。打完麻酱端着往家走，用一个手指头往碗里抹一圈麻酱，往嘴里一嘬。再来一下，看看也不见少啊，再来一下，再来一下，到家我妈就乐了，她愿意让我吃，只是嘱咐说，别喝凉水，容易拉稀。

还有个委托店，柜台里的手表呀镯子呀望远镜呀，都是稀罕物。最里面有柜台收购，一个胖子沉着脸不笑，敢情，来这儿的都是缺钱的，你笑，嘛意思，我手头紧你高兴呀？棺材铺不说再见，委托店认物不认人。我从小就干大人的活儿，我妈拿出一个皮筒子，雪白，正宗羊羔麦穗，让我去卖。我一个小孩，抱着走进去，旁人直瞅。胖子用手抓一把，捻一下，翻过瞅瞅里子，说六十块卖不？我说卖。回家交上，我妈拿出五块：去合社买肉，咱炖肉。我爸挣钱，我妈管钱，但她不亲自花钱，买日用品是四姐去，吃的归我去买。五姐从小老实乖巧，我妈舍不得支使她。我胆大，有劲，能挤，敢说话，连买药都是我去。黄家花园有家药铺，给我妈买牛黄上清丸,给我爸买正痛片,双鱼牌的正痛片总买不着。

西安道走到头儿,有个洋式圆茅房,孤零零地独立路中间。得佩服外国人,谁家也不愿意挨着厕所,索性就谁都不挨。隔着不远就是糕点店,一点也不受影响。后来圆茅房拆了挪了,跟糕点店做邻居。后来有一天,看见一老同学从厕所出来,直接进糕点店指着问:介(这)个多少钱一斤? 来半斤。出来拿一块就吃,还说着"好香"。我说,你该先买,进厕所再吃,更香。他认出了我,笑道:"该香,在哪儿吃都香。你也来块?"

34 中

我上小学时功课特别好,这可不是吹,有两件事为证:六年级期中考试,全班平均分过九十的才十几个人,我九十七点五,名列前五;后半学期四个班打散,分快中慢三个班,我们班只有两个男生进快班,其中就有我。按我的学习成绩,考男 1 中、16 中(耀华)应该没问题。我后来上了 34 中。

后来我有点弄明白:"文革"开始,我们班五十六人,才出了一个红卫兵。整个 34 中初中年级,正宗红五类出身的可能都没有几个。而我认识一小孩,比我低一年级,他们家才随他爸的部队从乡下搬来,他的功课很一般,但就上了一中。那时已经讲阶级斗争、讲出身了,是不是招生也有这个因素? 34 中如此扎堆,我估计有，但也是我的瞎猜而已。

话说回来，来到34中，我一下子就喜欢上这学校了。这座据说是曹锟的公馆，后来整个给拆光了，应该是城市建筑遗存的一大损失。从单个建筑讲，五大道任何一套房院，其规模可能都比不上这里。你想呀，34中有初中、高中六个年级，每年级高中四个班，初中八个班，每班一个教室，有办公室、图书馆、实验室、音乐室、卫生室，还有食堂、勤工俭学的小工厂，那得有多少房子呀！若保存至今，必是一个旅游景点无疑，也填补了五大道多数建筑只宜外观不宜入内的缺憾。

34中不像有的学校操场、教学楼清清楚楚，这里环环相连，曲径通幽，前楼连后楼接侧楼，还有大小地下室，阴森森的，约俩人夛着胆子进去一探究竟，很过瘾。再就是这学校没有大操场，能打篮球、排球，踢足球却不可能。但长廊庭院多，特别适合几个人猫在哪里神侃一气。我对此极有兴趣，为此，就要多看书以不断增添自己的说话资本。那时，课堂上学的东西已远远不能满足我的需求，我想尽办法找中外小说阅读，有一阵看凡尔纳的科幻小说都入了迷，什么《气球上的五星期》《海底两万里》，上课常走神，不由自主就想到天上海里。音乐教室在地下室，光线暗，是那种带半个写字板的连体椅，我特愿意去，听老师弹琴，脑袋躺在椅背上，眼睛瞅窗外，隔壁是河北路小学，能看到教室一溜房檐，高低不平。那阵正看《三国演义》，脑子里就想象那高低处，应该是关云长过五关呢,还是赵子龙的长坂坡呢。音乐中的想象太美好,老师教的什么歌,不知道。

上中学遇见一位好班主任,夏老师,女,苏州人,教英语。从她小女儿在我们学校上高一,可推测当时她有四十五六岁吧。夏老师气质高雅,教学认真,对我们既严肃又和蔼。渐渐地,心浮气躁的我也变得安静了。那时,各低年级班都请一位高中生当辅导员,夏老师请来一名叫陈家傲的高中生。他往讲台上一站,一米八的个子,浓眉大眼,宽宽肩膀,文质彬彬,教我们唱《我爱蓝色的海洋》,一下子就把我们征服了。

随后就听说夏老师特别喜欢陈家傲,有意让他做未来的女婿。我们去前楼偷看夏老师的女儿,娇小玲珑,清纯无比,然后就起哄,陈家傲微微一笑也不说什么。但那一笑太迷人,我们男生都被他迷住了,何况是女生。

陈家傲是66届老高三。当时运动才起来,听说他家就被抄了,是资本家。但见到他时,他总是那么沉着平静,不卑不亢。1969年年初,去黑龙江兵团的回津探亲,我看见他穿着一身灰色兵团棉装在学校里露过面,以后就再没有看见过。

34中校庆时我回去过,见到了夏老师。夏老师一下就叫出了我的名字,这回我流泪了。夏老师的儿子陪着她。我们同学中也不知是谁提起陈家傲,她儿子小声说:他们俩没成。这当中应该是有故事的,但却无从知晓,我深感遗憾。

照全家福

从山西路往曙光影院走，路右边有家新华书店，紧挨着的是赤峰照相馆，1964年10月1日，我们全家人在那里照了一张全家福，老少一共十七口人。"文革"中，多亏大姐她们偷偷保存下来这张照片，留到现在，对我们来说很珍贵，仅此一张。

那天按惯例都到我家。那时，大姐、二姐、三姐都成家在外，四姐即将结婚，五姐上技校住校，我正上初一。吃完中午饭，有人提议去照全家福，全家人都喊着同意。我更愿意，因为刚发了34中校徽，所以照相时我尽量往外挪，以便露出胸前的校徽，但还是让我外甥的耳朵挡住了一半。

我们家是从东北过来的，在天津除了我这些姐夫，没旁的亲戚。我大姐和大姐夫都在和平区委工作，大姐夫是上海人。二姐二姐夫在天津市委工作，二姐刚调到市文化局。三姐三姐夫在天津工学院，三姐夫原籍东北，教俄语。四姐在服装厂，四姐夫在天津市博物馆，他是二姐夫的亲弟弟。五姐那个中专技校是我爸让念的，我爸有个徒弟是那里毕业的，结果把我五姐坑了。那是一座部委的学校，面向全国的兵工厂，一毕业就把五姐分到了江西大山里，可把我妈心疼坏了。其实，她要是上高中，最不济也就是和我一样插队，没准我们姐弟俩一块儿走，她肯定能回天津。现

42

在落户江南,只能梦中思念津门。

话说回来,那天在赤峰照相馆,站排时,心里高兴,我二姐、三姐忽然就乐起来,大家说憋着别乐,坏了,越憋越憋不住,扑哧,又咯咯笑,弄得没法照相,后来连二姐夫都急了,结果是相片上的他眼角嘴角都朝下使劲,生气的样子还没缓过来。其实,那天我也有点意见,按说我应该跟我爸妈坐头排,但我爸让五姐坐他身边,没我的份儿。我妈这边是她的心肝外孙,也没我的份儿。后来我想我爸可能有点后悔:五姐那学校管理太严,我们去看望,不让出来,隔着大门说几句话就被喊走。当时,三姐、四姐就哭,回家一学说我妈也跟着抹眼泪,我喊要是我我就不在那里念书了。我爸叹口气不吭声,然后就头疼,嘎嘎地嚼正痛片。

别跑题。我和大姐、二姐她们站一排,倒也没什么说的,但照相师傅给她们一些脚垫,却不给我,结果我比她们就矮了半头。我估计,他一准把我和我那些外甥当成一辈的了。

不管怎么说,这张照片无论从整体布局,还是人的神态,都是非常好的。我外孙今年上高中,我跟他说我的哪些书将来他可以卖,但这照片他得留着,我走到今天不容易。外孙问他们呢?我说也不容易,更不容易。

我爸那年五十七岁,我妈五十六岁,身体都不错。我爸是厂里新产品试验小组组长,八级钳工,他主动让出半级。他年年被评为先进工作者,起早贪黑地搞新产品,很有些名气。我大姐随后去吴家窑小学当校长。二姐夫也被提拔到团市委。三姐夫已在一个系里当领导……最不济的我，也改了性情，纪律也不错，还屡受老师表扬。

一切看上去那么美好，每天早上迎着黄家花园前方的朝阳去上学，我感觉就像一只要展翅高飞的小鸟！但风云突变，运动来了，"四清"过后，"文革"又到，黄家花园和五大道一样，率先成为"扫四旧"和抄家的重点。

…………

1969年3月9日，正月二十一。早上四点多钟，我妈起来给我煮了一大碗挂面，放了很多肉末。我吃了半碗就吃不下去了，下楼出发。我爸和四姐夫各骑一辆自行车，四姐夫带着我，我爸带兜子，他们送我去东站。火车是六点零一分开，奔秦皇岛，再出长城到塞北——那是我插队的地方。

街上静静的，天幕昏暗，寒星闪闪，北风卷动着破烂的大字报，发出哗啦啦的声音。我暗暗地说：再见了，我的民园；再见了，我的墙子河；再见了，我的黄家花园……

2017年9月

辑二

插队旧事

1968 年深冬,毛泽东主席发表了几乎影响(涉及)了中国城市每一个有子女家庭的指示:"知识青年到农村去,接受贫下中农再教育,很有必要……"当我听到这个必然要用锣鼓口号上街游行以示拥护的"最高指示"时,天津晚间的气温已经很低,海河变成了一条冰带。大凡从那年代过来的人都清楚,对"最高指示"的庆祝是不能过夜的。过夜就是不忠,不忠则意味着不革命,而不革命的罪名那是相当可怕呀。

天虽冷,但站台上红旗招展、锣鼓喧天。紧挨着车厢搭了个台,有不少人在上面发言、喊口号,都激动得不行。一女学生扎俩小辫儿,突然咬破手指,转身写了好一阵,然后举起一张挺大的纸,上写:到祖国最艰苦的地方去! 血红点点,触目惊心。

那女生我见过,16 中的,天天上学从我家门前经过。看上去挺文弱的,没想到如此悍烈。我想看看她的手指:这么多血,不会咬掉一截儿吧？

有点可怕，赶紧挤出人群。天很冷，但站台上气氛很热闹，同学和同学、家长和孩子，都在不停地说呀笑呀，弄得我也激动了，心想早晚得走，真不如跟这拨儿走，挺光荣呀……

当汽笛长鸣，车轮启动，分别的时刻真的到了，也不知哪位母亲哇地哭了，大声喊着女儿的名字。连锁反应，顿时哭声、喊声一片，敞开的车窗里外不知多少只手紧抓不放，车站工作人员急得直跺脚，使劲儿拽，不拽就把人拎走了。火车远去，站台上随处可见瘫坐着的和被搀扶着的人，红旗、锣鼓已不见踪影。

我又害怕，这是光荣的时刻，怎么能流泪呢？我想等我走时绝对不哭，没准还有一点点庆幸——那几年，我家"客人"不断，可惜都是外调的。说是外调，其实是逼我父亲承认他昔日同仁有历史问题，一旦客人走了，街道又来找麻烦。我爸我妈说：不用号召，让你下乡你就走，省得在家遭罪。

于是，我就和很多同学不一样，我不大想去哪里，只想一走了之。不过，毕竟是少年，也羡慕在边疆持枪站岗，在草原上跃马扬鞭，起码在东站也戴上个大红花……过了两天到黄家花园买小豆冰棍，挤出来，看一女生好面熟：这不是那天在火车站写血书的女学生吗！手指光溜，我说：你没走呀？咬哪儿出那些血？她瞅瞅周边小声说：是红墨水。说完，扭身跑没影儿了。

真没劲，也太低估我们的觉悟了。冬天，"知识青年到农村

48

去"最高指示发表,哪儿都甭咬,踊跃报名,自觉销户口。正月二十一,起大早去东站,我还有点小兴奋,如果有人给我戴红花,让我在锣鼓、红旗下讲话,我该说些什么?

天还黑着,有人在候车室发车票,进了站台,就是去秦皇岛的慢车,别的啥都没有。上车朝下看,老爸站在人群后面朝我挥挥手,我想激动一下也没激动起来。

车启动了,同学们还在打闹,徐宏属牛,比我大一岁,他身子往外探,我用车窗压他,他嗖地缩进来,头上的新棉帽子掉下去。喊站上的人给扔上来,却来不及了,就见站台上有人捡起放在后面的车门下,但车门打不开。好久,到了一个小站,停两分钟,同学陆卫生从车窗跳下去,拿回帽子又爬上来。我很感谢他,要不我得赔人家帽子。

其时在欢庆打闹中,几乎所有人都顾不上细想,"再教育"这句话里可能还含有另一种理解,而这种理解就催生了知青下乡初期一些很可怕的事情。作为从天津市第一批到长城以北青龙县插队的知青,我愿将亲身经历的一些事写出以告世人。

那段最高指示中让人最激动并产生联想的话,应该是"农村是一个广阔的天地,在那里是可以大有作为的"。广阔天地,大有作为。不要说对青少年,就是对成年人,也极富诱惑力和感召力。尽管我因家庭出身的缘故不是红卫兵,心中对那场"史无前例"的运动只有恐惧而缺少激情,但听了街道高音喇叭一遍遍的广播,还是不由自主也产生了些美好的向往与憧憬。脑袋里的画面于是也就有了，模样基本上是电影《我们村里的年轻人》《朝阳沟》，甚至还有《蚕花姑娘》(女主角很好看)等。至于接受"再教育"那个"再"字意味着什么，根本就未曾去想。日后才发现那个"再"字很可怕，它毫不留情地使知青身陷于一个很低的层次，从而去接受又一次无情的"教育"。用当时贫下中农中某些人的理解，就是这些学生在学校里接受教育已经不管用了，城里不稀罕要他们，因此只能下放到乡下再接受一次教育。这类话在我初到乡下时常听到。

1969年初，我们"老三届"大部分还待在学校里(有少数1968年去了内蒙古农村和黑龙江兵团)。在34中主楼大教室，一位叫林海青的青龙县干部向我们介绍青龙县。他口才好，很善讲，甚至有些娓娓道来的意思，让少年学子听得鸦雀无声。他又很狡黠，他摸透了城里学生和家长的心理，避开了环境艰苦，选择了鸟语花香。"青山绿水花果遍野"，这景色使人顿时就像听到了郭兰英的歌声:人说山西好风光，水肥地美五谷香。可能还有同学想到"左手一指太行山，右手一指是吕梁"，便举手问:青龙是纯山区还是丘陵?

林海青是长脸，立刻严肃得像马面，说:是丘陵。

没有半点含糊。我们好几百学生都听得清清楚楚，心里好似一块石头落了地。地理课讲得明白，丘陵属半山区，条件要比纯

50

山区好得多。"蜀道难,难于上青天"、《过老山界》,无论是李白的诗,还是陆定一的文章(选入中学语文书),都从另一个角度告诉我们山里的生活起码是不方便的。林看去是那么诚实,他的长脸平平的,或许青龙的地也是平平的吧。

用青龙社员的话讲,那叫听得真真亮亮,没有半点差头。但那天林海青却是真真亮亮地把我们骗了一次,而且差头大得无边无际。不过,他骗得又毫无意义。因为他即使把青龙说成是青藏高原,我们该去也得去的。对于最高指示的落实,天津和其他城市一样,绝对是完全彻底不打折扣的。

没有任何条件,全窝端,无条件。这就是政策。凡是家中有学生不愿下乡走的,马上就会有一大群人上门来做思想工作(其中一项是不断地念语录),不达目的就不走。这种战术非常厉害,基本上是百战百胜攻无不克。当然,极个别的也有。我家楼下有一和我同龄男孩,他始终坚持住了没走。他的胜利在于他有个久经考验的母亲。他母亲年轻时漂亮,会唱戏,见过世面,解放后自己带着儿女过,很不容易。她说哭就哭说笑就笑,说死过去就死过去。她还有个法宝是她有个大傻儿子。当上门做工作的人说啥也不走时,她最后的撒手锏是当众给傻儿子解大小便。这首先使未婚女红卫兵涨红脸逃去,然后再把余下的人熏走。于是她保住了儿子的户口。

我们都佩服她。但我的父母没有那两下子。未等人家兵马露面,我已经一头扎到乡下去了大山中的青龙县。

接着前面那个"丘陵"的话题说,当我们在伸手不见五指的夜里被解放牌大卡车拉到一个地方放下,转天早上发现已掉到铁桶般的大山里。有人愤怒地问林海青:这是丘陵?

对,这就是丘陵。

林身后的山壁立直立陡刀削一般。然而他不屑一顾的,用鼻子一哼说,不是丘陵还能是什么,我说是丘陵,它就是丘陵。说罢扬长而去。数年后,我在县里写材料,曾到广播站去帮忙,林海青是那儿的编辑,我们相处得不错,在一起喝酒还同住一屋,我发现他原来还真是个厚道人。闲聊中他道出实情:当初去天津招知青,谁都不愿去。他之所以去,是县革委下的命令,如果不去就立刻打发回家。至于为何对我们那样一种态度,他说完全是由于对知青不了解,而且如果不是中央后来下发了26号文件,那种态度恐怕到这时也不好转变。对此我深为然之。

在这里,请记住当年有一个红头文件,是26号。是这个文件把知青实实在在拯救了一把。假如没有这个文件,知青的境遇会越来越糟。可以想到的是:将有许多男知青会因为不好好接受"再教育"而被批斗,被劳动改造;而更多的女知青会被村里的光棍汉弄到手成了他们的媳妇,然后养一堆孩子。在此声明,虽然我是写小说的,但在这里写的全是真事。我们一个村有十个知青,六男四女,到乡下不过几个月,这两种情况就不同程度出现了,只不过后者只差了一点点。

那一日林海青头也不回地走了,坐班车去县里交差,就把我们扔在距县城九十里的一个叫大巫岚的公社。说来惭愧,记得天津知青下乡之初,火车站还有欢送的场面,领导讲话,学生表红心。但到了第二年,走的人太多了,这等场面就都没了,取而代之的是洒泪告别,尤其是女生,个个哭得泪人一般,全然不见了豪情壮志。车启动那一刻,车上车下哭成一片,真是惨不忍睹。

这种情况的出现,主要缘于1968年下乡知青过年回家探亲,传递过来的消息跟当初想象的完全不是一回事。艰苦不说,主要是在乡下的无助,甚至无情。因为当地人更多的是把这些学生看成犯了错误后被下放的,于是,一股恐惧感蔓延开来,而城里动员下乡的手段也变得越来越简单粗暴,分明是在撵,与1966年夏遣返地富资本家很相似。具体到我走时的场面,如果让我再形容一下,很有点像杜甫诗《兵车行》中的描写:爷娘妻子走相送,尘埃不见咸阳桥……这绝不是有意夸张,比如我们六个男生是同班同学,其中独生子三人,走后家中只剩下老母一人的有二人,家中同时有两个知青的有二人。想想吧,当时根本想不到日后还会有选调、病退、返城(这些词都是后来才产生的)的机会,都认定此一去孩子就彻底当了农民,而且关山阻隔相见无期,当家长的又怎能不痛断肝肠放声大哭呢!想想从此家中老人孤单无助,买个粮买个煤又能靠谁,车上的学生又如何能忍住眼泪!我上面有五个姐

53

姐,几乎同时离津,最小的姐姐技校毕业,分到江西大山里的兵工厂,我去了塞北。很难想象,我母亲是如何熬过来的……

正月山里的天气很冷很冷,冻得嘎巴嘎巴的。我们随着拉行李的大车沿着河套又往回走了近十里路,来到了一个叫和平庄的村子。和平庄有五个生产队,五百多口人,在当地就算是个大村了。进村时,许多社员围观,可以说能动的人都出来了。但没有欢迎仪式,也没有红旗和掌声。

在大队部里,我亲眼看到大队干部是怎样安排我们的。按本意,我们很希望大家在一起生活。可大队革委会主任丝毫也没理会我们的要求,他对五个生产队长说:一队俩,要男要女自己报。结果不过一分钟,就扒拉出五对,随后我和另一个男生支忠信就分到第五生产队,那是一个最穷的队。行李搬到房东家,头一顿饭是生产队长他妈给做的,做这顿饭给记半天工分,米汤泔水全归她。转天就自己做了。可想而知,两个半大小子,往下的日子会过成什么样(熊样)。有这么一个细节很值得思考:当时和平庄并不是一个非常穷的村子,村里有三分之一已是瓦房。能腾出一间屋(对面屋)的人家亦不少。可是,我们六个男生,竟然有两户(四人)没有房东。简言之,即对面屋或是生产队仓库,或是无窗无门的破房,而住人的这间屋是现收拾出来的。我有房东,但那家显然条件较差,屋里不过收拾出半铺炕,炕梢和地下堆着农具和杂物。我睡下的晚上,一阵阵呼噜声在窗根下响起,天亮才发现窗下就是猪圈,天热了满屋臭气。

尽管日后我们与房东及众多的社员相处很好,有些人甚至后悔为什么不把知青放在自己家住,但当初谁都不愿意收留知青,应该是个事实。而这又不是社员的过错与失误,根子显然是在接受"再教育"这三个字上。

当时,农村的阶级成分自土改一路"世袭"下来,哪怕是刚出生的孩子,如果他爷爷是地主,他也就是地主。对此我们很不理解,曾和队干部说应该从孩子父亲那儿论出身。人家说要是那样,就没有阶级斗争了,因为眼下这批年富力强的"地富",其实土改定成分时还都未成年或刚成年。因此,阶级斗争如果要年年讲月月讲天天讲,地主富农就得昨天有今天有明天还得有,不能断捻(油灯棉捻)。

大概上面也了解这种情况,感觉到这样对待地富子弟不公平,于是后来就有了政策,称地富"子弟"为"新社员",又为"可教育好的子女"。但无论如何变称呼,也变不成贫下中农。因此,有的"子弟"干脆不领情,说叫来叫去太麻烦,不如叫"地富子弟"明了。农村不同阶级成分所带来的后果是明显的,以至于稍懂事的孩子就知道自己家是贫农,哥哥可以参军。而"子弟"和他们的孩子则明白如我是女孩长大可以嫁出去,是男孩就娶不上媳妇了。忽然有一天,在地里干活,一个十来岁的贫农孩子指着我说:你们是在城里犯了错误,才下放到这儿来接受再教育的,其实就是"子

55

弟"。

我愕然。身边的社员都默默无语地听着，表情是不反对，还好，他没跟着应声。但很快，一件意想不到的事情发生了。青龙这里比较困难，社员家吃饭习惯喝粥。米少，就熬稀粥。有一段顺口溜很出名，即"一进青龙门，稀粥两大盆，盆里映着碗，碗里映着人"。大约到村里也不过二十多天，和社员熟了，干活时就闲聊。有的社员也爱说，就说了这顺口溜。我记得我还让他说两遍以便记住，好日后说给别的同学。突然间大喇叭就喊，开全大队的会，社员就都聚到大队部前的空场。空场边有棵大榆树，我们男知青自然凑到一块儿坐在树下。会开了，是批斗地富分子。把人揪上去一溜，就见有些人是与我们年龄相仿的。看来是早有安排，大队干部说有人散布今不如昔的反动语言，说啥稀粥两大盆，把他揪上来。我还四下瞅这是要揪谁呀，不料民兵冲着我们走来，转眼间，我们中一个男知青就被揪了上去，和地富排在一起！真是吓死人啦。幸好那天比较"文"，只动口，没动手。当时我的心怦怦跳，害怕下一个会轮到自己。还好，跟我说顺口溜的是个贫农，而跟被揪知青说的是地主，偏偏他听后又跟旁人学说，我还没来得及说。

斗地富同时斗知青，渐成风。不久，全公社开大会，能有上万人，黑压压的，在公社中学操场搭高台，还有贫宣队主持，一声喊，就把另一个村的知青揪上去斗了。罪行是不好好接受再教育，踢

56

生产队长。详情是队长喊他下地干活，他头朝里睡，不动，队长拽，他迷瞪瞪踹了一脚。

那次大会影响极坏，知青在社员眼中地位每况愈下。我们的信件都是邮局送到大队部再捎到各生产队的。大队干部很随便就拆开看，生产队长则要你买烟来换。最可怕的是有人开始打女知青的主意了。三队一个人高马大的大光棍子，是大队种马的配种员，力气极大，与人打赌，站在当街不喝水，一口气能吃下二斤干豆片。就这位谁见谁怕的野汉，他相中二队一个女知青，酒后就把女知青堵在屋里，要谈谈心。后来他交代说他只是要和女知青交朋友搞对象。具体细节就弄不清了。但那女知青当年回津探亲就再也没回来，理由是受刺激得了病……大队革委会主任审他时，派我和另一个知青把着他。要说我们也是正当年好力气，可让他一甩，就把我俩甩到一边。可想而知，他要和女知青"谈心"的情景该有多么可怕。

事态的发展显然是走向失控，除了政治上的偏见，生活对我们来讲则意味着艰难。秋下分口粮，我背着口袋在场院排队，毛着(带皮)每人每年三百六十斤。一天不到一斤精粮，而我一顿吃一斤饭也就是将饱。社员家有小孩(生一个孩子就有三百六十，极大地刺激了生育积极性)，而且不是一两个，小五小六小七小八，大人孩子搭配，又有自留地，日子尚能过得去。知青一两个人，又正是能吃的年龄，就很难了。那时粮食是绝对不能个人买卖的,没有办法,只能从城里家中带些来。这个县的知青主要来自三处:一是本县的。他们的父母多在县城当干部,插队的地方是事先挑选的,回家方便,捎东西也方便。二是承德的,而且是同一个矿区的学生。他们的父母都在一个单位,对自己的孩子有关照的便利条件。三就是我们天津知青,人多,前后有上千人吧。我们回趟家不容易,回来顶多扛些挂面,又要送礼,从大队干部到小队长,再到房东和关系不错的社员,自己基本留不下。所以,能不能吃饱肚子,对我们第一批知青尤其是男知青来说,成了一个大问题。吃了上顿,不知下顿饭在哪儿。说来好像好笑,但我确实亲身经历了。那时知青除了有被"再教育"的特殊性,没有任何被关照的地方。

当时国家是按人头给了安家费的,但给多少,怎么花的,我们一概不知。我隐约听队长说过一句,钱给花了,给牲口买草料了。后来上面要来检查建房情况,他们忙把生产队的库房截出两间,灶台连炕,没隔断,没顶棚。买了一口锅,一个缸,一领席,两把锄,这就是我俩的全部家当。房子远在村边,没有院,四下全是庄稼,也亏了傻小子胆大,不然真不敢住。

把知青分散开来,是这个县的一大创举。知青聚堆爱惹事(内部打架、与社员打架),而拆零散了,每日随着生产队的钟声下地收工,时间长了,人就变得老实听话(麻木),让干啥就干啥。再加上也没有人告诉什么新的信息,我想如果不是其他一些知青多的地方为命运而抗争，我们跟着沾光，几年之后，我们肯定就彻底变成山里人了。记得后来我的最大理想，就是娶个媳妇，养一口猪、一群鸡，收工回来，家里能有一锅热饭。

事情出现转机，对我们来说是根本想不到的。1970年初夏，突然有一个第26号文件下发了，内容是检查知青待遇的落实情况。地区、县里的检查组不断到村里来，不光听大、小队干部说的，还要听我们说，到我们的住处去看。又传达了一些文件，才得知枪毙了一些强奸女知青的人，而且是有职务的人。一时间，我们的处境得到了明显的改变。记得最主要的，是国家保证我们的年均口粮达到五百零四斤，不足部分由粮站供应。同时，村里也用个别知青当小学民办教员，大队搞文艺宣传队也用了知青，县里知青安置办公室每年还要开个会，公社也开会。渐渐地，我们这些在大山里插队的人，就觉得日子过得有点活泛劲了。

最后，说点快乐的事吧。

我们刚到五里庄，就从生产队借驴去公社粮站买口粮。34中男女分班，四个女生面熟但没说过话，如今在一个村，咋也得道个名姓。村口见面，十个人五头驴，人好一阵儿也没说到一块儿，驴一见面就亲热得又啃又踢。弄不明白，买粮回来，驴都疯了。生产队长找来说：几个队的驴在一块儿来着？

我说：都在一块儿。

队长跺脚说：完啦完啦！四队都是叫驴，咱队是草驴，小骡子要没戏……

后来才明白——每队的驴都是一个性别。叫驴即公驴，草驴即母驴。母驴和马交配生骡子值钱，和驴交配生驴不值钱。平时叫驴、草驴都到不了一块儿。我们哪知道这些啊。

此事让全村人狠狠地嘲笑了我们一把，连十来岁的小孩都说：你们咋连这都不懂，一头驴往另一头驴身上骑，那是干啥？

女知青说：是累了，让它背着呗。

完，又露一大怯！

干活，除了挑粪还是挑粪，往山上挑。一天下来，肩膀红肿。转天再挑，针扎似的疼，但都坚持着。支忠信体形属于偏瘦弱的，那也不落后，有一天，他挑着担子从梯田坎上摔下来，起来照样接着干。社员们说他好样的，对我们刮目相看，彼此的关系也越来越好了。

那时，农村正搞阶级复议，白天干活，晚上开会，按新中国成立前三年经济状况重新确定成分。开会前，先把队里地富叫出来，低一阵头，说认罪，然后撵下来挤一起抽烟。五队穷，就一户地主，俩老的，几个小的，小的比我们还小。我问：你也是地主？他说：是，成分是地主，就辈辈是地主。我说：这不对吧。他说：对着呢，要不老的死了，阶级敌人不就没了，没了敌人，咋年年讲月月讲天天讲？

好像是这么个逻辑。我也被他说糊涂了。

时间长了，我们就把自己认定是和平庄的社员。劳动虽累，乐趣也有。秋天，羊肥了，社员整天围着队长说：打正月到现在，也没见啥荤腥，改善一回吧。队长被纠缠烦了，说那就吃一顿，全队欢呼，过年一般。

打平吃羊。打平，即费用平均摊，从工分里扣。吃羊，即宰几只羊，只限男劳力吃。在饲养室院里垒灶，几位年老的社员杀羊，很面善地念：羊啊羊啊你莫怪，你本是人间阳世一道菜。噗，一刀子捅下去，下面有个盆放些盐，接血，使劲用筷子搅，不凝。

支忠信去了贫宣队，剩下我自己。那天队长派我去"齐粮"。"齐"就是敛和收的意思，即挨家统计去几个人吃，然后交几个人的高粱米，一人一碗。必须要交，不能说我去了就吃羊肉，那不行，你一人还不得吃半只呀！

可别小瞧这一碗米，新粮没上场，有的就拿不出来。我牵个驴，驴背上搭着口袋，走出去一圈儿，挺难的。有的要去爷仁，但只有两碗；有的是一人，从柜底刮出半碗。妇女说：那个何学生，你给想想办法呗。我想办法还是有的，就满口答应下来，我还有半袋高粱米。任务完成，队长夸我：行啊，还以为敛不上来呢。

然后我就打下手，烧火或干点啥。羊肉的香味渐渐飘散开，半个村的小孩子都来了，墙头上一溜小脑袋，使劲吸鼻子，猪狗在门口跃跃欲试。我真想给孩子们拿块哪怕带一点肉的骨头，但老社员连孙子喊都不回头，我也就明白，不能坏了规矩。

晚霞当空,男劳力如一群狼,卷着黄土奔回村。不过,到家后又冷静下来,洗洗手脸,女人已备好就餐用具——炕桌、小凳、碗筷,还有两个小瓦盆,然后爷几个或哥几个,才慢慢地出门,并表现出沉稳。姑娘媳妇孩子都在街上瞅,走急了,会让人嘲笑没出息。即便如此,也难免被喊:小心撑拉稀……

五队二十六户人家,男劳力四十多人。饲养室三间屋,草料归拢一边,把炕桌连起来,对坐两排,比开会还严肃,静静的。先上饭,再上菜。第一道羊血羹,似鸡蛋羹,暗红,上面浮着一层油。吃时要注意,很热,就有人烫得龇牙咧嘴,嗓子眼粗的直接咽下去了,就热到心口(胃),揉揉说:妈亲!(我的妈呀!)妈亲……

羊血羹拌饭,也好吃,呼呼地往嘴里扒。吃上一碗多,第二道菜上来,是羊杂汤,即羊下货,剁碎,带汤。这就有干货了,需要捞,需要嚼。几十个人一个动作——摇动腮帮,甭管烂不烂,都要在这一嘴钢牙中走上一遭。只可怜年老牙口不好的,嚼了几口,又去喝羊血羹。

千呼万唤,最让人期待的炖羊肉终于登场了。核头大的肉块子,方的圆的菱形的,纯白油的带白油的全瘦的,裹着汤水展现在人们面前。个个眼珠子都圆了,这块才放到嘴里,筷子又夹上另一块。汗珠从额头淌下,顾不上擦,小凳歪倒就蹲着吃。整个饲养室只有唰唰咀嚼的声音,简直把我惊呆了——多么可爱的社员啊,他们太渴望吃上一顿肉和干饭了……

停！停！

队长喊了两声，就两声，如同铡刀落下，一切立马打住，没人再动一筷子。因为，往下还有一项，关系到全队的老婆孩子：每家一人，两个瓦盆，依次走到几个大锅前，由德高望重的长者掌勺，分余下的饭菜。按来的人头分，但也不较真，有的就来一个大人，家里还有孩子一大帮呢，也罢，就多给他两勺子肉汤，也没人说什么。

散了，门外早已等得火烧火燎，半大孩子捧着盆往家跑，家里红薯、稀粥已在锅里热着，有了这些好嚼咕（好吃的）的，就是全家人难得的一顿盛宴。

…………

好在那时已有了"选调"参加工作的。那对知青来讲，简直就是东方红太阳升，先前是做梦都不敢想的。只不过那个梦的实现需要等待，而等待的日子很难熬。我插队五年，虽然今天说来并不后悔（其实也不是后悔不后悔的事），但实话实讲，当初内心始终处在矛盾之中，嘴里当然得说要扎根一辈子，但躺在炕上就想啥时能离开这里。不怕有谁笑话，都坐下毛病了。直到现在，偶尔还梦见在乡下插队，不由暗叫怎么还没选调呀。醒来庆幸多亏是个梦。

2016 年 8 月

乡间闹事

吃忆苦饭

1970 年冬,村里进了贫宣队,工作开展起来,其中有一项是吃忆苦饭。女队长姓揣,短头发,红脸蛋,二十八岁没结婚,是几十里外一个大队的妇女主任,运动骨干,县里抽上来,委以重任。揣队长嗓子尖,说话一套一套的,开大会讲:常吃忆苦饭,防修又防变,多吃忆苦饭,革命永向前。

按她的要求,村里所有的劳力要集中吃,都到大队部来吃,吃完了不许回家,要立即出工与山斗与地斗,回来接茬跟阶级敌人斗。时间的安排是每三天吃一回。我们这个村虽然不大,但男女劳力也有百十号人。大队干部就找揣队长商量咱们是不是象征性地吃点,人太多咱没那么大的锅。揣队长一挥手说那是坚决不可以的,一定要来真格的。没办法,大队只好动真格的,借锅垒灶,红高粱不去壳,碾子上走一遍,下锅就煮,煮开锅一搅哗啦啦,清汤泔水一般。冬天两顿饭,揣队长一早到各家检查,看谁家冒烟了就批判,确保任何人肚里不能填块红薯或别的东西。

吃忆苦饭开始,揣队长带头,一百多劳力每人夹个碗排好队,先唱歌,歌词是"天上布满星,月牙亮晶晶,生产队里开大会,诉苦把冤申,万恶的旧社会……"这歌的调子挺悲怆,唱得树上老鸹飞,可院子凄凉凉,紧接着再端一碗哗哗响的高粱碎米汤,喝得人这叫心窄。那会儿农村生活虽然也不咋好,但社员在家红薯稀粥烂菜,热炕上东一口西一口,咋也不至于喝这东西。最可怕的是吃罢忆苦饭,就列队下地,干的还多是打石头劈崖子那类硬活儿,腊月里天冷,干一小会儿男男女女就开始尿起来,几泡尿尿过,人就没劲冒虚汗。揣队长举着铁筒喇叭喊:吃了忆苦饭,干劲冲云天,吃了忆苦饭,心中有路线。社员老实,闷着头干,我们知青有调皮的,在人群里说:吃这忆苦饭,卵子都饿扁,老揣这招子,扯个鸡巴蛋。这话把社员吓得够呛,忙按住他不让往下说了。

估计揣队长开始没意识到红高粱米汤这么不顶用,她还可劲喊呀窜呀,时间不长眼见她就有些发蔫,脸蛋子发白。大家心里说好呀,她饿啦,这回看她咋办。不料过了一会儿,揣队长去村东的工地视察回来,脸蛋子又红了,又嗷嗷地鼓动起来,到收工时把社员都累稀了,她反倒没事了。这情景令我们起疑心,我们发现有一个邻近公社的武装部长隔两天就骑车来看揣队长，又听说揣队长正和那部长搞对象，人家每次来时兜子都是鼓鼓的。等到忆苦饭吃到第五顿那天，我们知青中就有人下手了——溜回村里，跳窗进揣队长的宿舍，果然翻出不少点心，当即全部吃光。结果，揣队长那天从村东到村西，从村南到村北，来回窜了好几趟，越窜脸蛋子越白，最终一屁股饿晕在地里，让人给架回来，缓过劲她说：再吃忆苦饭，把高粱米做糯点。

因为丢的是点心，揣队长有口难言，武装部长来看她，气得摘下屁股后的三号驳壳枪说我帮你查。转天又吃忆苦饭，揣队长还坚持带头吃，武装部长也跟着吃，吃完了部长又去查，查了一小会儿肚子疼，跑到小学校厕所去拉稀，拉得腿发软，起身时没留神，驳壳枪啪地掉进粪坑里。那坑深，没冻。没法子，部长找根杆，用铁丝做个钩就捞，捞了小半天总算捞出来，然后就用水冲，用布擦，俩手冻得红烧猪蹄似的。揣队长看见问你干啥，部长说干啥？都鸡巴你的忆苦饭干的。揣队长说你还查不？部长推车子就走，说喝这汤还查案，再查连我都得掉粪坑里去。

据说后来他俩没搞成。但当时见效的是忆苦饭吃到腊月十八，就拉倒了。

唱样板戏

普及样板戏时,每村都必须有个剧团,县剧团派人来,教《沙家浜》选段。我们村有一个民办教师叫刘玉华,平时爱摆弄个乐器,也爱唱两口,他主动找大队干部,要求扮演郭建光。大队干部看着刘玉华五短身材,挺大个脑袋,说你去可以,但你这身条演郭建光可能困难点,演胡传魁可能还差不多。刘玉华说演啥都行,只要让我去就行。

刘玉华那年三十岁了,还没搞对象,他要唱样板戏的目的,我们都清楚,他是盯着演沙奶奶和阿庆嫂的女知青。他一直苦于没有较多的机会和她们接触,若是在一起排戏,接触的时间自然就多了。等到公社集中排戏时,县剧团的教师连胡传魁都没让刘玉华扮,说你等着排全场时演大兵吧。刘玉华也不恼,晃晃大脑袋,偷着给教师送去一把大叶烟,立刻就让他演胡传魁 B 角。等到教师把所有角色的戏都说一遍,刘玉华嗖地就跑了,他连夜从家里背来半口袋肉蘑和两只山兔子,拿来孝敬教师,转过天他又变成郭建光 B 角了。

我们一时都弄不明白他为啥下那么大力气要演郭建光。后来回到村排戏,有一天晚上天上下雪,在大队部里点着汽灯排戏,郭建光 A 角是我们知青,论个头论相貌都远超过刘玉华,刘玉华想了个招儿,请那个知青喝酒,排戏时那个知青就总出岔。村剧团的头头不高兴,因为县里就要来检查,就让刘玉华上。刘玉华一上,唱是唱,做是做,令众人都挺佩服。当唱到"再来看望你这革命的老妈妈"这一句时,按规定的动作,郭建光要和沙奶奶握手。扮沙奶奶的女知青因为天冷,戴着棉手闷子,刘玉华伸过去,就不唱了,指着手闷子说,这个影响军民鱼水情绪。剧团头头让女知青摘了手套,刘玉华立刻就来了情绪,狠狠地把人家的手握住,唱完了那一段,还不愿意松手。屋里屋外看热闹的小孩子起哄,说刘老师和沙奶奶手拉手搞对象,弄得女知青挺不好意思,但看在排戏的分上,也没好说他啥。刘玉华则不然,他以为那个女知青对他有好感了,排完戏又撵到人家住处,要单独练一练。女知青说练可以,但你再那么使劲握手,我可不干。刘玉华说主要是郭建光和沙奶奶感情太深,一日三餐有鱼虾,吃得浑身是劲,不握不行。说罢,就抓女知青的手。女知青说你还没唱呢,怎么上来就握手。刘玉华说唱是台上的事,台下咱还是来真格的吧,我想跟你相好……女知青拔腿就跑。

结果,有刘玉华在,没有人敢演沙奶奶。剧团头头没法子,让他去管杂事。刘玉华晃晃大脑袋,也不急,找板子搭台,帮女演员化装,啥事都干,干来干去不少事还都离不开他,可他总是干着干着就要和哪个女的握手相好。慢慢地大家知道他眼眶高想找漂亮的,劲头上来了就控制不住。大家也就不跟他急,女同志到关键时刻就说,戏里没这个情节和动作,不能握手。

县剧团来演《龙江颂》,刘玉华又看上江水英。他指挥人搭台的时候,心不在焉,有块板子太薄,他说铺在台口吧,反正演员也到不了那儿。结果那天演起来,江水英说大队长你往前看,大队长往前走一脚踩塌那薄板,人呼啦掉下去,只露出上半截身子,还坚持说台词:我看不见了。

事后公社追查,查到刘玉华头上,把他的民办教师免了。再后来他回队里种地,从外村找了个媳妇,媳妇长得很一般,但刘玉华说人家演过阿庆嫂,扮相漂亮极了,我要的就是她那个模样。

搜信号弹

那一年秋天,正砍高粱,活儿很累。吃了晚饭钟声又响,要夜战抢收。社员们一个个拽着疲乏的身子往地里走,这时,东山后就升起一个大大的信号弹。那是黄黄的一团火光,在暮色中腾空而起,升到一定的高度,就划了一个美丽的弧线,往下滑,滑着滑着就消失了。

我们都目瞪口呆地瞅着。

我们先前只是听说过,但从来没见过,甚至还有些不相信。现在全信了。民兵连长王四柱说不要砍高粱了,全体社员立刻包围东山。

东山在公路东，挺大的一座山，那时山里有狼，天黑以后，一般是没人去那里的。但敌情在眼前，谁敢说个不字，社员们呼啦一下就钻进山里。那天天上有云，有点月亮也是时隐时现的，因为事先毫无准备，没有手电，大家只能摸黑东一脚西一脚往里走。到了山里，我们心里都发毛，这大秋天蒿深草密的，往哪儿去搜放信号弹的，弄不好让狼把谁给叼去，那可就麻烦了。王四柱也看出这种危险，把人往一块儿集中后，说不要可山搜了，在这盯着，发现敌人一顿石头砸昏过去再上前，以防止他有枪。社员们就摸了一堆半大的石头等着。等到后半夜，夜风起来，云团散去，月光就把东山照个明明暗暗，看哪个暗处，都像藏着敌人。王四柱警告众人谁也不许出声，话音刚落就听见有尿尿的声音，王四柱说谁敢尿尿，我给你削了去。他老爹在树后骂你个兔羔子敢削我。众人全乐了，王四柱挠挠脑袋说要不咱每人尿一泡，往下就不许尿了。大家就尿，闸门泄水一般。完了接着猫着，猫了一会儿有人说连长咱换个地方，这太臊臭啦。王四柱说邱少云在火里都不动，臊点就忍不了啦，忍着。忍了一阵他吸吸气问：让撒尿，谁拉屎啦？他老叔说是我憋不住拉裤裆里啦。

　　两件事都是他亲属干的，弄得王四柱这叫上火。后来，就发现了一个可疑的人影，这边喊站住，对方当地就给了一枪，王四柱说声快砸呀，石头就雨点般地撒过去。再往后公社领导来了，手电火把都照起来，上前仔细看，全傻眼了，躺在那儿的是公社武装部长,他想学杨子荣当孤胆英雄,一个人先进山来,不承想让我们给砸昏过去。

王四柱挨了一顿好撸,幸亏武装部长的伤不重,公社才饶了王四柱,但让他戴罪立功,必须抓住放信号弹的。王四柱不敢怠慢,天天夜里逼着民兵把路口盯山头,一连十几天,啥也没查着。有一天有人报告,说村东头小寡妇家来了个远房表哥,很可疑。王四柱夜里就带俩人去听声,就听小寡妇光脚从东屋跑到西屋,隐隐地问:"哥,那俩弹呢……"王四柱心里说闹半天放信号弹的坏人在这儿,今天可算堵在窝里了。他一脚踹开门带人闯进去。小寡妇和她表哥吓得筛糠一般,小寡妇说我俩没敢动真格的,就是搂搂摸摸。王四柱说搂搂摸摸回头再说,先把弹交出来。小寡妇看看她表哥说那你就交吧。她表哥捂着裤裆说交了我咋活呀。王四柱噔地给他一脚,说快拿出来。她表哥把裤子解开说全在这啦。王四柱问小寡妇你刚才不是问他信号弹吗,小寡妇说不是信号弹,我是问他那俩蛋。王四柱气得直蹦高,说甭管啥蛋,反正你有弹,这放信号弹的敌人就是你啦,绑公社去。天亮后,还真给绑公社去了。

驯革命马

大队买了一匹小种马,枣红色,见到骒马就来劲。那时各生产队草驴多，都想要骡子，可这种马见到草驴不起性，贫宣队领导说这马有问题，就应该好好驯一驯，让它听革命派的指挥，最终使它成为革命马。

山村没人会骑马，更没人敢骑这种马，大队干部说让知青去驯，知青里有懂牲口性情的人。但当我们面却说交给你们一项光荣的任务，要把种马驯得听人指挥，让它整谁就整谁。我们笑道整谁也不敢整您。贫宣队领导说莫开玩笑，去驯吧，记整工分。把我们美得够呛。

到河套一骑这马，我们可傻眼了，那是匹生马，不让骑，上去的人没一个是舒舒服服下来的，全是扔口袋似的扔下来，河套石头多，好几个人弄得头破血流。贫宣队和大队干部来鼓励我们，要下定决心，不怕牺牲，排除万难，驯革命马。我们说咱换头叫驴，驯革命驴吧，这么驯下去，革命马没驯出来，我们都驯成革命烈士了。正在这时，我们中一个叫穆村郎的同学上马了。他留小胡子，小个子罗圈腿，马跑起来后，有两次差点把他扔下来，但他死死抱住马脖子，膏药一样粘在马背上，再往后，马就甩不下来他了。我们大家为他呼喊，领导们也都很高兴，赞扬穆村郎是好榜样，又说他骑马的那个姿势就像……像啥，领导没说出口。

穆村郎把马收住后，马身上全是汗，他自己也跟从水缸里捞出来一样。领导说这马归你驯，由你当配种员，每天记双份工分。穆村郎很得意，转天我们忍着疼痛下地干活，穆村郎把种马收拾得干干净净，鞍镫齐全，马头系一朵大红花，耀武扬威地骑在村路上，旁人谁想骑一下，他全不让。

一晃十多天过去了，穆村郎也不知用啥法儿，把那马驯得挺老实了。大队干部和贫宣队领导在百忙中忽然想起这事，说别一个劲驯了，得让种马为革命做贡献了，就找了匹个大体壮正在发情的草驴，叫穆村郎把种马牵来试试。一试还是不灵，这种马见草驴就跟见块干木头似的，全然不理，急忙中牵来一匹骒马，不料这回这种马对骒马也上不上劲了。领导生气了，批评穆村郎这还叫种马吗，是不是你把它给骗了。穆村郎说没有，你看卵子不是在那当嘟着吗？众人一看也是。领导说限你十天，让它见驴就上，要是还不行，我就……他想说我就撤了你。人群有个二傻子说：您就自己上。把领导气得够呛，可也拿这二傻子没法。穆村郎回到住处也不着急，我们说这回双工分你要挣到头了。他说你们瞅着吧，三天以后见分晓。三天后一大早他把马骑走了，到下午大队电话就一个劲响，都是邻村告状的，说你们村那种马也太不像话，撵得我们这草驴都跑山上去了。最后是公社主任来电话，说你们那个配种员活像个日本鬼子，一路边关挨个村子扫荡，公社大车店的牲口棚都让它给撞塌啦。

大队干部和贫宣队的领导大眼瞪小眼，有一个念叨穆村郎穆村郎，是不是什么木村一郎呀。立刻把我叫去，我不敢隐瞒，也瞒不住，县委办有档案，我说穆村郎他爸真是日本人，他妈是中国人,但他爸不是日本鬼子,他爸是个医生,穆村郎姓木村,他一岁时,他爸就回国了,以后没有音信,他妈带他过得挺不容易的。贫宣队领导拍着脑袋说该死呀该死,那天我看他骑马就像电影上演的那样,我怎么就没往深处想呢。然后,他严厉地问:你们还有没有姓山本呀佐田呀的。我说只有一个姓田的,前面没有佐。贫宣队领导对大队干部说那也得注意,不能重用。

晚上,穆村郎喜气洋洋回来说这回可行了。贫宣队领导带人进来说种马行了,你可不行了,你快交代,你爹怎么从日本跟你联系,怎么指示你骚扰旁的村还有公社大车店。穆村郎说不是我爹,是您下的任务要让它见驴就上,我是落实您的任务。贫宣队领导脸憋得挺红,说明明是你从日本领来的任务,你还敢狡辩,绑公社去。大队干部一看不好,紧说慢说没让绑,让穆村郎去大队专业队打石头了。种马虽然驯成了,但它完成任务时总出边,连踢带咬,连续出现伤人伤牲口的事件。想再让穆村郎驯,又怕犯说,后来就把那马给骗了拉车。知青返城后聊起这事,穆村郎说我先给它吃了些含雌性激素的药,后吃雄性的药,那马可不就来劲。我恍然大悟,穆的母亲也是医生。再后来穆村郎去日本找他爹落在那边,改名为木村一马,日本话念起来挺好听,我们知道就是一匹种马。

审小媳妇

　　审小媳妇其实是审一个地主子弟的小媳妇。那时讲成分,成分不好的子弟娶不上媳妇,没人跟。黄四他爷是地主,到他这辈成分还是地主,都小四十了,还打光棍。后来黄四就托人,加重彩礼钱,从几十里外娶来个媳妇。这媳妇刚二十岁出头,长得还挺俊,可就是发傻,是大脑炎后遗症。那时候办喜事都不怎么操办,地主子弟更不敢张扬,黄四蔫不溜地入了洞房,把队干部们气得够呛。贫协主席老于媳妇死好几年了,再也没娶上,他心里说寡妇摔夜壶我还不如他!但他嘴上说这不行呀,地主搂小媳妇睡觉,贫下中农抱根棍子睡凉炕,这不反了河水啦。

　　老于就带人去查,黄四结婚手续齐全没有漏洞,老于一时无处下手。过了些日子天热起来,老于晚上睡不着到外面转悠,转到黄四院外,就听黄四媳妇哎哟哟叫了几声,接着她说黄四你欺侮贫农的闺女,俺告发了你。老于听罢喜出望外,忙找大队干部汇报说贫农女儿不愿受地主子弟欺压,半夜发出反抗的吼声,我们得管了。大队干部立马和老于去砸黄四的门。

　　黄四光腚起来开门,他媳妇裹块布里子吓得直哆嗦。老于问黄四你欺压你媳妇了,黄四说是骑压了,咋着?老于点点头说那就好,分开审查。把黄四锁柴棚里,就着炕头启发黄四媳妇。老于问你一个贫农女儿,落入他的虎口,你这些日子咋熬过来的?黄四媳妇说是呢,见黑后不让睡,可难熬啦。老于说你反抗了吗?黄四媳妇说反抗也不管用,头一宿蹿柜上去,他大手一抓我就没魂了。老于说那你咋不去大队告他?黄四媳妇说俺娘临来时嘱咐过,不让俺说。老于说你娘可真没觉悟,这回你放大胆讲,把肚里话都说出来,完了我给你自由。黄四媳妇说不要籽油要豆油,猪油最好,熬菜香。老于说你讲嘛,黄四媳妇说不见猪油俺不讲。老于一狠心,回家把油坛抱来,黄四媳妇笑了,说那我就说啦,当媳妇好啊,别看挨骑压,心里乐开花,就这。老于急了,说别忘了你是贫农的女儿。黄四媳妇说在家干活太累,俺早忘了那档子事了。老于没法儿,想抱油坛子走,黄四媳妇嗷地跳下地就抱住他,她光不溜的还挺有劲,把老于挠跑了。

老于白搭一坛油,不甘心,他通知黄四晚上带媳妇到他家接着审,要不就还那坛油。黄四舍不得油,晚上只好带媳妇去。老于让黄四在外屋等着,怕他着急,把烟口袋给了黄四。老于进屋插门,拉黄四媳妇上炕,说我审审你,就动了真格的。黄四媳妇问:你这是审呀,还是来真的?老于喘着气说是审,黄四媳妇说要是审我不说啥,要是来真的,你给我拿出去。黄四在外屋猛抽烟,一边抽一边说:叫你审,我抽你的烟。

这事后来泄露出去,老于给撤职了。黄四媳妇还有一个傻姐,嫁给了老于,老于和黄四成了连襟。

开批斗会

贫宣队进村，批斗会一场接一场。李棍的爹是富农，李棍有点文化当小队会计，他怕撤了他这个会计，所以一开批斗会，李棍就表现得特别积极，带头呼口号，带头跳上台按自己爹的头。贫宣队对他印象不错，说他是可以教育好的子女，让他找个机会，彻底与富农家庭决裂。这样，可以继续当会计。

李棍回家跟他爹商量，说为了你的儿子儿媳妇和孙子，你就再反动一回，让我揭发你一回。他爹说中是中呀，就是不知道咋反动。李棍说你就说你和苏修是一条线上的，你跟他们有联系，半夜里给他们发电报。他爹说中呀，只要为你们好，我咋都行。

没过几天又开批斗会，公社的领导都来了，李棍一看机会到，他大呼揭发苏修特务，把自己老爹揪上台。会场上下都愣了，谁也没想到这山沟里能出苏修特务，更没想到李棍能如此大义灭亲。

台上李棍说得有鼻子有眼，说他爹夜里用牙发电报，一发就是半宿，情报出去老鼻子啦。公社和贫宣队领导全瞪圆了眼睛，攥紧了拳头，这时就该喊口号了。李棍不失时机地举起拳头喊：打倒我爹！全场跟着喊：打倒我爹！这一下完了，李棍哄骗广大革命干部群众称富农为爹，罪大恶极；再往下查，他爹牙都没有，问拿啥发电报，一审李棍承认是假的。立刻撤了会计，群众专政起来。

这期间，李棍的媳妇很着急，到处求人。正巧有一个贫宣队员和李棍媳妇是老乡，俩人过去认识，现在人家当贫宣队员了，李棍媳妇就求他放李棍一马。那个队员整年一个人在外，饥不择食，就答应了，又给李棍媳妇些小东西，就把李棍媳妇给整了。后来，贫宣队发现了这事，把那队员扣起来。开批斗会时，把他也放台上，并让李棍两口子揭发，说只要揭发好，就解除专政。李棍连连点头，告诉媳妇上台不要留情。可他媳妇上台后，光张嘴不知说啥。贫宣队长一扭头让李棍上，李棍跳上台，刚要喊"打倒贫宣队员"他一下子又给咽了回去，汗立刻就冒出来，心里说好悬呀，弄不好我就是打倒贫宣队了，那非毙了我不可。但他又不能不说啥，他就问他媳妇，说：他整你时，都说过啥？他媳妇说：他说过要给我一双尼龙袜子呢！李棍攥起拳头喊：找他要！全场跟着喊：找他要！

1997 年

"公社"记忆

"打饼"崔香

1969 年初我下乡插队,箱子里上面放一套"毛选"四卷,箱底藏一套《三国演义》。"毛选"是当众读,《三国演义》是偷着看。实话实说,前者记住了重要篇目,名段能背诵若干;后者则能在地头、饲养室给社员连着说"三国"。

一来二去,大队知道我肚子里有点"墨水",就让我当通讯员,给县广播站和报社写稿。这活计可不错,大队干部说一声:把那件事写写。好咧,我就可以一天不下地,穿得干净些在家或在大队部写,给记十工分。两天,二十工分。三天,人家说:"你懒媳妇拉线屎还写起没完呀!"由于上稿率高,转年春末,公社建广播站,就抽了我去,一天给五毛钱"误工补贴"。当时,还没有知青"选调"一说，众弟兄全在队里苦熬岁月，我一下"脱产"吃住在公社，全县独一份，谁见谁羡慕。

那年月山区穷社员日子苦，我插队的地方更穷更苦：一年四季，能稀粥不断喝，就是好生活了。粥是小米、高粱米粥，稀到什么程度？盛粥时，"盆里照着碗"；喝粥时，"碗里照见人"。所以，我到公社后跟干部在伙房吃饭，能吃高粱米干饭不说，隔几天还能吃顿白面，那就是社员过年的日子了。

当时公社脱产干部，每人每月三十斤粮食定量中，有六斤为白面。这六斤，就足以让他和家人自豪，让社员羡慕得发狂。公社伙房的柴火从集上买，有个老汉每个集带一傻儿子各挑一担柴送来。有一次傻儿子见到公社干部吃饼，就不走，说："雀香的，想吃。"雀音念"翘"，"很""太"的意思。老汉吮吮给了儿子两脚，骂："想吃？吃你娘个干巴咂儿！养你这么个东西，这辈子甭想吃上打饼！"

他说的"打饼"，就是大铁锅烙饼。饼烙好，要抓几张立着磕，用手拍打，以使饼心离层。当地不产麦，面极少，缺乏做面食的实践。蒸馒头发面使碱，麻烦。捞面条，不少面溶于汤，浪费。一来二去，这个地方就觉得"打饼"省事又好吃。擀时面里抹油撒盐，烙时锅里多放点油，两面烙黄，外焦里嫩，其实就是今天饭馆里的家常饼。

老汉为何踢儿子？全因为公社干部吃饼的场面太"奢侈"，让社员心里难以承受:除了冬天,但凡天气好些,公社干部吃饭特别是午饭都在院里、在树荫下或蹲着或站着吃。吃饼时就不做菜了,配小米粥。比较帅的吃姿,是一手掐着饼嚼,一手端碗粥。左一口,右一口,八丈远看着都能觉出那是香得不得了。之前有一次我往公社送稿子,正赶上饭点,文教助理边吃边让我翻稿给他看。近在咫尺,他那里满嘴油汪汪,我这里饥肠辘辘,一下子我就明白了陈胜吴广为何起义了。还好,那饼二两一张,不大,助理伸了几下细脖,就吃没了。时间若再长些,我可能就坚持不住了。伙房打饼有数,一人两张,他那天吃一张,跟旁人说:"老娘下个月过生日。"

这话您可能就听不懂了,我老何懂——他娘过生日,他最起码得带几斤白面回去孝敬老娘。公社干部是一个大粮本,统一从粮站买回存在伙房。如果这个月你吃三斤细粮,就可以交面钱从伙房称走三斤白面。如果想把六斤面全拿回家,伙房打饼时,你得提前说我不吃。这没有什么不好意思的,那时当地人串亲戚,妇女挎的小筐里有一个长方纸包。一开始不知是何物,房东家收了一包(礼),打开看,就是白面,都变灰色了,打糊子都不黏,不知转了多少道手了。日后知青带去了挂面,山里人都惊呆了:天底下还有这么溜光锃亮的面条,这东西能吃吗? 有几年,挂面是山里礼品中的佳品,送两斤挂面,赶上后来送两瓶茅台了。

公社伙房就一位老师傅,岁数搁现在看不大,五十多岁,在当时就觉得挺老了。隔几天打一次饼，是他最忙的活儿。不像熬粥焖饭，下了米一点火得了。早先是妇联主任帮厨，这位老姐是"铁姑娘"出身，手重脚沉腔大，不是踢瓶子就是撞锅台，有一次一屁股差点把老师傅撞大锅里去。把老头吓坏了，正好我到公社，就让我帮厨了。我在家常看我妈做饭，这点活儿不算个啥，很快就从烧火升到主厨，我"打"出来的饼，比老师傅做的还好吃。咋回事呢？我舍得放油。

又到集日，又赶上伙房打饼，老汉和儿子又来送柴，这回老汉没让他儿子进院。那天老师傅心口疼，是我一个人干的，把我忙傻了，一人俩饼，分到最后我自己剩一个，还不能问谁多一个。拎着饼到门口，心里憋气，顺手撕了小半块给傻子，傻子一口塞到嘴里，又伸手要。我说："还给你，我傻呀。"旁边一群孩子喊："你傻你傻，把饼给他！"我赌气："我愿意，我愿意！"一扬手就全给了傻子。往回走看看手上的油，心说我忙半天，敢情一口没吃上，我是不是真有点傻了？

人在大山沟里待长了，就发傻。真的，不信你试试。

梁上"主任"

那时我所在的公社很简陋，就两排老式木结构房子，一排十来间。前排是办公室什么的，后排东头是伙房，房山堆柴火，西头是电话室,当中几间是宿舍,全部一间屋半间炕式的。广播站设在电话室里,女电话员小翠(化名)在那儿住。公社秘书是个老同志,镶俩大金牙,管具体事,他让我住中间一个屋,炕上有一卷行李,全是土,看来不常住人。

一下子住进公社,好像现在乍住星级饭店,兴奋,有点失眠。后来想睡了,又睡不着。咋回事呢?这房子和我在乡下的房子一样,也没扎顶棚,俗称通脊的屋顶,两边有啥声响都听得清清楚楚。当时扎顶棚类似精装修,很少有人扎。两屋之间的隔断墙,好的是土坯,多数是秫秸把子或荆笆,抹层泥,再糊报纸,一点也不隔音。人站在炕上,个高的,能从桗上瞅见隔壁屋里。按说这是又不安全又不隐私,但当时山里就这条件。社员家两间屋的大炕,炕当中加一木隔断(还有的挂一布帘),就算俩屋,公婆睡炕头,儿子媳妇睡炕梢,一个屋地一个尿盆(尿多的有功,生产队收尿积肥,给工分),再正常不过。

公社干部那时白天都下乡,晚上回来,吃完饭,也没电视,如果不开会,在院里闲扯一阵,就早早进自己屋睡下。睡下即躺下,未见得就睡着,常常隔着墙还聊,还瞎逗。几个男女除了小翠和我未婚,他们都有了家小在乡下。几个男的主要是逗妇女主任,说:"铁主任,咋不吭声呀?黑灯瞎火又想谁呢?"铁主任说:"老娘想你呢,小子,过来吧。""那你别插门。""给你留着呢!再不来我可睡了。"当然,都是嘴上英雄。时间长了,往往是大金牙喊"睡

83

啦！明天还要早起有事"，就都住口。隔一会儿，打呼的咬牙的放屁的，半夜出去跑肚拉稀屋里尿盆哗哗响的，啥动静都有。偶尔还有来家属的，那屋是真不想出动静，但越不想越容易出，咣当，把油灯碰倒了。家属小声骂："你瞅瞅你个死鬼，睡觉得了。"旁边立刻有人说："没事，嫂子，我们睡觉像死猪，啥都没听见。"你想乐又不敢乐，你说这能睡得消停吗？

也不是总这么热闹。有一位副主任只要他在，整趟屋子都没声。他姓什么我都忘了，我们背地都叫他"梁"主任。梁是兽医站兽医，三十多岁，瘦高，胳膊细长，天生兽医的材料：大牲口爱得梗阻，得手伸进去掏，小短胳膊不行，细长最好。大家说梁从粪门伸进，手从马嘴里出来，还攥着公章。这是糟践他，他是"造反派"，当了副主任，大权在握，一本正经，看谁都像相牲口，用老百姓话说：这家伙特难性。

他的房间挨着电话室。小翠虽是农村姑娘，但是百里挑一挑上来的。她眉眼俊俏，加上不下地不受累，细皮嫩肉的谁见谁爱。也不光小翠，当时几乎所有公社的女电话员都这类型。不过，小翠这孩子挺好，白天我俩在一屋，我写稿，她值机，从来不多说一句。吃了晚饭天一黑，我广播时，她就不在屋，等我播完，她来我走，彼此之间规规矩矩。要说我那时的年龄，老乡讲正是儿马蛋子发情的阶段，难免偶尔生点"贼心"，但还是以没"贼胆"为主，于是就规范了行为，成为正人君子。其实跟贼子距离很近。

有一天晚上有月光,也不知村里有什么工作,院里剩下我俩。我要走,小翠抱一包点心,关上门很紧张地说:"大哥,今晚你别走了,我给你……"事来突然,说实话我不是不动心,扎根农村一辈子,娶媳妇是必须的,谁不想找个好看的,但是,咱真不敢动心呀。我忙说:"大妹子,大哥家里还有老父老母,没登记,这错误,犯不起呀。"小翠臊得捂脸说:"你想哪儿去了,是给你这个吃的。""是点心? 这个还行。"小翠指了一下房柁,说:"大哥你是好人,今晚你睡这儿吧,求你啦,就说我娘得了急病。"

原来为这事! 这不是吃饼,我不傻,我明白。当时不少公社领导都跟电话员有一腿。我想:这是英雄救美? 还是太岁头上动土? 还是……没等我想出个所以,小翠突然上前,猛地亲了我一口,然后就消失在夜色中。

完啦,就这一口,彻底把咱亲晕,拿下! 长这么大也没有过这待遇。胡思乱想呀,从牛郎织女天仙配,到赵匡胤千里送京娘,全想到了,一大包点心也全造进去,忘了喝水,噎得够呛。想想即将开始的战斗,在屋地先练练也消食。我练过两天摔跤——是先给他个背口袋,还是大别子? 要不就来个黑虎掏心……哎哟,掏心不能练了,烧心,点心吃多了。

小半夜时月光如水,有人敲门,我一下紧张了,没吱声。那人就进了隔壁屋,随后,房柁上就冒出个人脑袋。真吓人呀! 那时公社头头都佩枪,三号驳壳,这要是砰地一下可咋办……什么背

85

口袋大别子黑虎掏心，到这时全使不上了，只能头朝里假装睡着用被蒙着头。那位还挺利索，几下子就爬过来，半跪在炕边，嘴里说着什么，张着俩胳膊就扑过来。没办法，我只能条件反射地一脚蹬去。也在于他毫无提防，咣地一下面板似的仰面朝天摔下去，把脸盆都砸瘪了，疼得直哼哼，生是爬不起来了。我点着油灯说："主任，怎么是您？还以为进了贼。小翠她娘得了急病……"他说："走、走错门了……"我扶他站起来，一摸他的腰，万幸，没带枪。他回屋，我也跑了，在伙房里猫到天亮，人多了才露面。

后来小翠告诉我这家伙隔着墙骚扰她好久了，那天是先给她送点心，说晚上要跟她谈革命理想，小翠害怕，又不敢惹他，没办法，就想起了我。这事没闹大，但也传出去了，大家背地就称那位副主任为"梁主任"。

我那一脚后果严重，梁主任小细胳膊骨折。他对人说是牲口踢的。他报复我，说我和小翠如何如何，但都没人信，也就拉倒了。数年后我工作了，急着找对象又找不着时，曾给小翠写过信。她没回信，只寄来一个包裹，里面是两大包点心。我跟光棍同事探讨这是什么意思，大家抓起点心说吃。我也抢着吃，顾不上喝水，吃得直伸脖，吃完也明白了：咱不是赵匡胤，咱就当自己是个吃货。于是心也就平静下来，不再为那个吻思绪澎湃。

很多年里，我从不写此事。前阵打听，梁主任早没了。小翠后来上师范，毕业后跟对象去了美国，很多年也没音信。于是，我就写了,她要看见了,也没事,不就是一个吻嘛,在美国,相当于握手。

“敌台”惊魂

在公社我的主业是广播站工作人员,写稿、播音、值机,有时晚间兼电话员。广播站新建,县里来个技术人员,南方人,大学生,姓白,叫白学什么,学核物理的,当电工使,我们都叫他白学,他自己也认可,说大学就是白学了嘛。

白学住公社好几天,让木工做一大木板,往上安灯呀闸呀线呀,名称“配电盘”。我和白学挺说得来,净一起聊“三国”“水浒”,比着背隋唐好汉名次。结果完工了他走了,但配电盘上哪连着哪儿,我都没弄明白。好在公社的电也不是常电,有个小柴油发电机,晚上噔噔响一个多钟头,电灯一会儿亮一会儿暗鬼火一般。正念半道,电压低了,喇叭里我那声就像人死前咽气,嗷地一下就要没音儿。但我知道总闸在哪儿,忙说本广播站今天的节目到此全部结束,然后一拉总闸,完事。

这期间,我已经写东西了。那时不叫写小说,小说是修正主义的,革命人民要写“革命故事”。县文化馆搞培训我去了两天,一听比瞎子说书还悬,全得胡编:要把生活写成大海一样,人人在海里经风雨见世面,也不怕淹着呛着,比孙悟空能耐还大;而人与人之间,要写成你死我活斗呀斗的,永远不停息。我们有点不理解,胆大的说:"老地主再用不几天也就都斗死斗光了,咋还不停息?"回答:"他还有子子孙孙呀!"

敢情地主里也有愚公型的?我心想要么着,革命成功之日那可就遥遥无期了,啥时能到共产主义呀。但我还是想写一篇,不能白去一趟县里。有一天小翠她爸来了,一个老实巴交的社员。我又点烟又倒水,问他:你家是贫农吧?他说是。我说:你父亲当年没少跟有钱人斗争吧?他摇摇头说:"没斗过,他原来是有钱人。""那咋成了贫农?""我爹抽大烟,光复后把家抽毁了,要着吃了,就成了贫农。"他是真实在,说真话。

一打听果然如此,定成分以解放之前三年家里经济情况为准。就有人先前穷得叮当响,省吃俭用,正好在那三年买了些地又雇过几个扛活的,一下够上标准,就成了地主。当然,这不具有代表性。但在这大山沟里,上面的政策再好,落实起来有时也是一本糊涂账。这事弄得我有些发蒙了,总想跟谁交流,又不敢,"故事"也就编不出来。

到了三伏大热时,有天晚上,小翠回家,我值电话机。所谓值机,就是看着一个小型手摇式交换台,上连县里总台,下连全公社十八个大队。振动牌一掉,是有电话来,插上连接头,推刀闸问清要哪里,再插所要的地方,按刀闸摇电机接通,双方开始通话。如果开全公社电话会,就把所有大队都接上,刀闸全部推上,然后用一台三用收音机连上交换台,使用"扩音功能"键,代替扩大器和麦克,就可以直接对着讲。各大队把小喇叭接电话上,一屋人全能听清。

说得有点绕,但必须说清。那天是全公社战备电话会,武装部长讲话,我把这一切弄妥,点名,十八个大队全齐,说开会,部长就开讲。他讲,我戴耳机监听(等于和大队一同收听)。部长是坐地下椅子上讲,我靠在炕上听。这会儿我又想,我看过不少中外小说,包括不少名作,要是照那么写,我还真有的可写,但眼下这不着调的"故事"可怎么写……

忽然,我听耳机里有了音乐声——15-1-17-6-17-1-12-11-5-1……是那种报时的钟音,然后就有男播音员说:"莫斯科广播电台,现在对中国听众广播,莫斯科广播电台……"反复说。我的妈呀,敌台!这还了得!我喊:"哪儿来的?哪儿来的?!"我还以为是哪个大队的收音机收的,通过电话或喇叭反传进来。这时,就听各大队也都喊这是怎么回事。过了一会儿,我看了一眼武装部长面前的三用收音机,脑子猛地转过来,来不及下炕,只能一头扑过去,拽下连通交换台的线路插头,顿时,三用收音机传出那男播音员的声音……

大祸临头!那年月偷听一下敌台都得抓起来,把敌台给播出去了,这还了得!才有个通报下发,兄弟县一个广播员为这事判了六年,好日子完啦……

偏梁主任那晚在公社,毫不留情,立马给县里打电话。天没亮,公安局的吉普车呼呼就到了。我被关在一间屋里不许出来,小翠想给我塞个黏豆包都没让。上午门开了,有人进来做笔录。我还行,比较冷静,说:"按说明书,三相收音机使用扩音功能,就不再收音。因此,扩音的同时又收音,是机器出了问题。"梁主任说:"全是机器的毛病,你就没责任?"我一看要坏事,索性豁出去了,就仰脸瞅房子的房柁:"责任嘛,晚上……"梁主任马上打断:"行了行了,你好好反省吧。"

这时又有人过来,我一看心里顿时踏实了,是白学。白学瞅我一眼,啥也没说,但我都明白。过一会儿他们全走了,门又从外锁上。天很热,屋里更热,快到中午,伙房打饼的香味传来。我敲窗户:"咋也给口水喝呀!"

门锁一响,大金牙站门外说:"你小子还想喝水。"又瞪我一眼:"听着,经查,事故是机器故障所致。你,马上回村里去吧。"我太明白了,这是放我一条生路呀!赶紧卷巴行李,一溜烟蹿出公社,上了大道,一口气走出八里。那情景,真如书中形容败军之将"惶惶如丧家之犬,匆匆如落网之鱼"。直到了我插队的村头,找个井台,喝了一肚子凉水,才打住心慌。然后,想想大金牙、小翠、白学、铁主任、伙房师傅……我朝公社方向深深鞠了一躬。

立刻就有社员逗我:"公社干部,咋回来了?"我绷着脸说:"有新任务。"心里想:让人家撵回来,屁新任务! 没关进去,你烧高香吧。回到我的"家",满屋灰尘,老鼠在炕上做窝。顾不上收拾,找出些高粱米,都长虫了,用水洗两遍,赶紧烧火做饭。晚上躺炕上,看着屋顶熟悉的檩子椽子,还有一处漏了,透着月光,我问自己:我先前在公社待过?

2014 年 8 月

山乡记忆

薯干子酒

下乡来到塞北大山里,见村小卖部代销员从公社供销社进货归来,过山型小推车一边是零七碎八,一边是装白酒的塑料桶。再将酒往大酒坛里倒,咚咚咚咚,空气中立刻就弥漫了酒香,这时就生出另样感觉:怪好闻的。

然后就知道那是用薯干做的酒,品名薯干酒,当地人叫薯干子酒。九毛八一斤,也不便宜。我的生产队一天的工分才值三毛五,得干小三天才能买一斤。后来有机会喝了,进嘴辣,烧嗓子,落肚后腾地点着火一般,再猛地蹿到脑瓜顶。头就发晕,脚下轻飘飘,忘了烦恼。便想,或许这就是酒给人带来的快感。尽管酒醒了该烦还得接茬儿烦,但高兴一会儿是一会儿。那年月深山沟社员有两大快乐:喝酒与偷情。偷情有风险,喝酒没风险,就是缺酒钱。

头一年秋天分红,生产队长扣了我两块一毛钱,说打酒了,晚上来我家让你婶炒几个菜。队长是直接领导,不敢说啥,晚上就去。热炕饭桌,一盏小油灯,一瓶棒子酒,地下站俩眼珠瞪溜圆的秃小子。他妈端上一盘子炒白菜,菜里有个黑片片,大小子说肉,伸手就抓,让队长一筷头打回去。我忙夹给他。还有小崽呢,油灯太暗,好一阵才又翻着一片。头年腊月宰的猪,我只吃白菜。可能这酒钱是我出的,是仗义还是舍不得说不清,反正那日就只管喝,喝到最后,就大头发沉啥都不知道了。清晨渴醒,迷瞪瞪起身,窗纸朦胧,看炕上还有别人,心说这是哪呀——同伴回天津,就我一个人过,这是谁呀?再揉揉眼看,那边还有个长头发的,是女的!我的妈呀!在队长家睡了一宿!忙悄悄下地一溜烟溜走。

年少面薄,从此不敢言及此事。可队长媳妇爱说,后来见我时不时被县里抽去写材料,当人面说:将来出息了别忘了婶,咱俩还一块儿睡过呢。众人起哄,我忙解释说不是一块儿是一个炕,而且是隔着三叔(队长)睡的。有人说:队长睡觉打雷都不醒,谁敢保证你半夜没从他身上跨过去呢。事到此刻就得赶紧跑。虽然叫她婶,其实比我大不了几岁,那种事可不是闹着玩的,那是摊上大事了。

后来就算学会了喝酒,量不大,还知道把酒烫热了,让薯干味

93

挥发得多些。别看薯干酒不咋着，有好长一段还买不着了，只有橡子酒。那酒可不行，太上头。最好的是代销点来了枣酒，一块二一斤。冬天打一斤，做熟饭，扒出点灶灰，小茶缸在灰上一坐，一会儿酒就热了。那天去大沟里打柴，十几里地，一个人，早上走，怀里揣俩薯干饽饽，大扁担挑六个柴火，沉，歇会儿都不能平放地下，得一头借个坎子，才能上肩。到家狠狠心炒俩鸡蛋，把剩下的二两酒都倒进小茶缸。弯腰盛出鸡蛋，往里屋走，脚下碰了烧火棍，棍一弹正弹倒茶缸，可惜那点酒，噗地一下在热灰里化成一股烟，没了，可把我心疼得够呛，把烧火棍撅成两截扔灶膛里。

1973年邓小平同志复出，决定当年恢复考试入学。知青奔走相告，抓紧复习。初夏抽到县里写材料，和两个知青住旅馆二楼一间。高兴，晚上弄些薯干酒，就点什么就喝。喝得话多，说这些年自家的事，一会儿哭一会儿乐。结果喝多了，后半夜他俩就趴床上，这边一口那边一口吐起来，那叫一个味儿呀！开始他们吐点我往楼下铲点，可这二位活儿慢，不一下吐净，隔一阵一口，再两口。就一个脸盆，也吐不准，十点又没了电，黑灯瞎火我出来进去的，有客人就喊闹鬼啦咋走个没完！

正好房间墙壁半当腰有个烟道，这会儿炉子撤了，没办法，就只能往那窟窿里铲了。转天天燥热，这屋就不能待了。赶紧退房，还不让走，得检查房内物品可有损坏丢失。女服务员进屋清点，一样不少，刚要走，她皱眉问：这屋怎么一股烂薯干味？我答：

是。他俩吃薯干子吃多了,打嗝儿打的。问:打嗝儿? 能打成这样? 我答:是,一宿没睡,俩人对着干,上头打,下头还放! 再不走,这全楼就都不能住人了。

服务员顿时干呕一下,说:赶、赶紧走人!

薯干"雀白"

初到塞北大山里,见房东和社员家都有大席篓,装着比巴掌小些的白片片。问这是嘛? 说是薯干,咋样? 雀白的。"雀"在这儿念"翘",意思是我家这薯干很白、非常白。问好吃吗? 说还中了,熏甜的,意思是还行,挺甜的。没敢说特好,比白面饼都好吃,那就是瞎掰了。

红薯,我们天津知青叫山芋。秋天切成片晒干,就叫薯干。薯干面爱受潮,多现吃现压。初夏,房东家轧薯干,房东叔早早占下碾道借了驴,再扛了一袋薯干,往下就是房东婶的活儿。那天在村边糒头遍地,歇时我去打水,井旁就是碾道。无意间一瞅,我愣住了:茅草扎顶,碎石短墙,四面透风的破碾道竟然弥漫在一片白色的雾气中,有点神话的感觉。更不可思议的,是从雾中走出一个雪人,从头到脚从脸到手都蒙着一层白粉,若不动,绝对就是雪中塑像。但猛地一个喷嚏响过,震得粉末飞动,雪人就现出眼和口鼻,还有一颗黄灿灿的金牙,笑道:不认识了,我是你婶呀!

这就是山里轧薯干面的情景。不亲眼见，一辈子也想不出来。

必须用很细的箩，仔细地筛，筛出的面比白面还细，比白面还白。只是——这个"只是"太不该出现了，但终归要出现——用水一和，薯干面的本色就露出来：暗红色，说枣色好听，说铁锈也不差。

那天吃"硌豆子"，大锅水烧开，拿和好的薯干面往礤通上擦，一个个小的面疙瘩就叭叭落在水里，煮熟，捞出，用凉水一投，再盛碗里，放佐料，就可以吃了。第一次吃，滑溜，甜咸，挺好，吃了一碗又一碗。房东叔一口不吃，喝稀小米粥，还说少吃，烧心……

什么是烧心？长那么大还不知道。吃过两顿，知道了，胃里闹得慌，吐酸水。这山里十人有八人胃不好，就跟吃红薯多有关系。问为嘛不种麦子，答山地没水种不了；说那就都种高粱谷子，答人多地少不够吃；问那就只能吃红薯面，答反正从有公社以来，红薯就越种越多。红薯一亩地能收两三千斤，高粱谷子几百斤，这么多社员，一家生八个，都得有口粮，不种红薯咋活！

入秋，粮站不再供应知青粮食，我们与社员享受同样待遇。场上分什么，回家就吃什么。高粱谷子收了晒了，拣好的装车，扬鞭催马送粮忙。我和伙伴（俩人一个队）分到一百多斤带壳的高粱，还有些谷子杂豆。当年口粮指标是每人三百六十斤（毛重），余下的是啥？都是红薯。白天抢大镐刨红薯，收工分红薯往家运,晚上坐屋里切红薯。

薯刀,一块长木板,有长方孔,刀片固定在孔上,中间留有间隙。再有一活动木柄,把红薯平放,用木柄一挤,一片红薯就掉到下面的筐里。尽管切得快,可架不住红薯多,像我俩还得做饭,每天得切小半宿,第二天一早就得挑到山上晒,还得找高处石头多的朝阳地。放泥地上,薯干就发霉,干了有黑点,吃着发苦。晒时也不消停,晴天,得翻个,一片片翻,得晒个两三天才晒透。一旦变天下雨,得赶紧收回来。

那年我俩分了两千五百斤红薯,折口粮五百斤,每人二百五十斤。我们忙个手脚朝天,可晒出的薯干,社员家是雀白的,我们是雀灰的、雀黑的。转年开春,队里、社员种地没种子,正好我俩那袋高粱没动,就都拿去了,往下就只能上顿下顿吃红薯面。做"硌豆子"太费事,就烙薯面饼子(当地称薯干饽饽),热着吃粘牙,凉了吃硌牙,急眼了能打狗,运动会能当铁饼使。实在懒得做,就直接蒸薯干。吃时一片一片的,经验是吃一口喝一口水,往下送。曾有人吃急了,噎个半死。

后来搞联产承包,出了奇迹,还是那么多地,粮食够吃了,也不种那些红薯了。后来我再去村里,到谁家也看不见席篓和薯干。想吃口红薯,还得问人家种没种。不过一般都是种几垄,吃个新鲜。如果想吃"硌豆子"、薯干饽饽,就难了。

生葱蘸酱

我从小就不爱吃生葱。1969年正月到山里，上顿下顿除了咸菜疙瘩就是又黑又酸的酸菜，吃得直吐酸水。

3月，按节令该暖和了，山上地里依然黄秃秃。有一天午后，亮亮的日头西照着，队里派我一人跟大车拉垫脚（即从河套拉沙子垫牲口圈，日后为肥料），一趟、两趟在静静的村中过来过去，我就发现，有一社员家园子里有几点碧色，绿得如翡翠。近了仔细看，是葱。问车把式得知，这是头年的葱根，在土里熬一冬，天暖，就最先钻出，支棱的叶子似两只羊角，故叫羊角葱。此时这东西是新鲜物，鸡、猪都会啄啃，于是社员都早早用带刺的葛针将园子围好。

想想上中学学过杨朔的散文如《荔枝蜜》《雪浪花》，倘若杨朔听了见了这情景，该有感而发写篇《羊角葱》吧，说这葱生命力如何如何顽强，顶风破土报春来。而我那一时心里没有文章，只有一个念头：一定要将那绿色嚼到嘴里、咽到肚里！

说白了，就是人太缺少维生素了！其实若等到人家社员收工回来去要，一点问题没有，但就是等不及。待大车先走，看看四下无人，我嗖地跳进去，拽出两棵葱，跑到树后，剥去外皮，就大嚼特嚼起来。转眼吃掉一棵。由于太急，都没觉出什么味儿来。待吃第二棵时,才看,就惊讶,那绿芽下一段如汉白玉,一股甜香,一身清白。一想到"清白",就吃不下去了,人也冷静了:长这么大第一次偷拿人家的东西,愧对这棵葱白。

又想到后果:收工回来,人家会一眼看出葱被薅了,男人还好,女人也许会冲着当街就骂(这情景常见)……亡羊补牢,我赶紧掏出一毛钱,用葱压在园子土垄上。跑远了,心里还怦怦跳,打个嗝儿,葱味贼难闻。

努力又努力,直到1978年初,我才成为支部的培养对象,有幸列席一次组织生活会,但被一针见血指出缺点若干,其中有:骄傲,觉得自己是大城市人,不合群,吃食堂不吃葱蘸酱。组长是南方人,水平高,说:"不呲(吃)葱蘸酱,就四(是)瞧不起劳动人民。"

属实否?合适不?啥也不能说,只能诚恳接受,并努力改正。五黄六月,参加抗旱工作队下乡,与组长几人住大队部,自己做饭,没啥菜,只有大葱,我不敢炒,组长说按搞"四清"的做法吃,即用热米汤一泡,放盐。他真行,吃得津津有味,我也硬着头皮吃,但更多的是吃盐水。后来有一天我当厨和面烙饼,老乡送来一碗酱,一推让,有点碎面掉酱上,稍一拌,隐约着像酱蛆。吃饭时组长就皱眉,拿着葱迟迟不蘸却看我,我毫不犹豫将带白点的酱抹饼,卷葱,大口嚼。

抗旱回来总结,组长对我评价很高,说连老乡酱里的蛆都不嫌弃的同志，一定能成为我们的好同志。这回打死我也不敢说那是面渣。后来我调走了，好多年后偶然相遇，组长垂垂老矣，但记性不错，拉着我的手说，对不起呀，当年让你吃那酱，实话告诉你，压根儿我也不爱吃生葱……

我说都过去了，不提了。

"点葫芦"响

我初见"点葫芦"，不知为何物。

这种播撒体积较小如谷子、芝麻、烟籽儿等种子的器具，很是古老。博物馆的解说词表明，远在春秋战国时期，它就出现并广为使用。直到今天，春耕时节，在陡峭迂回的山地间，如果顺着有节奏的嘭嘭声寻去，你就会找到播种的人马。那声音来自对点葫芦的敲打，敲打之后，垄沟里就留下一串串足迹，以及丰收的希望。或许，你还会从中感悟到人类生命延续过程中的艰辛与欢乐。一年分四季，四季各不同，虽喜秋收日，更惜春种时。塞北无霜期短，只收一季，故春耕的活儿绝不能有半点马虎，马虎了这一年的收成就白搭了。春播时一盘犁杖的顺序是：牵牲畜的（多为半大孩子）、牲畜、扶犁杖的、点种的、撒粪的、培垄的、踩垄或压垄的。比较起来，点种轻快一些，故多让老者来做。但这又是经验活，撒高粱种，看似随便一甩，但人家撒出的小苗破土分布均匀,耧头遍地好开苗。我试过,一甩,甩扶犁的人脖颈子里去了。

谷种籽粒小,顺手缝儿就流撒,故得用点葫芦。点葫芦的主体,无疑是个葫芦,就是现今农家饭中熬葫芦条的那种葫芦。一般取个儿头稍大的,将熟时把内中掏空。掏空是个技术活,不能一破两半,那就成瓢了。只能在葫芦顶底两端各破鸡蛋大小的孔,掏空后在底部安个木把,要牢,以便拿住。前端则装尺半长掏空内心的向日葵秆,封住断头,再在上部开一小孔,孔下绑几缕干高粱穗。同时,在葫芦大肚上开个往里装谷种的洞,这样,一个点葫芦就做成了。操作时,持此物者行在豁开的垄沟间,用根小棍有节奏地敲打葫芦头,顿时,谷种从小孔中蹦出,落在高粱穗上,再均匀地撒到土垄里。当葫芦里种子尚满,敲击的声响就发实;播到半路,葫芦内有了空隙,声音就大了。当年一个生产队春耕时都配几副犁杖,东山西山沟里沟外种谷子,从早干到晌午,人马皆乏,这时能听到的只有点葫芦顽强的嘭嘭嘭响声。它仿佛在说:为了收成,还得种,种种种……

据有人考察,点葫芦的发明者是鲁班。想想这极有可能。鲁班一生发明的东西太多了,小到木工用的锯子、刨子、钻子、凿子、铲子,乃至班妻(刨木头顶住木头的卡口)、班母(弹墨线用的小钩),大到打仗用的重型兵器。涉及民生大计的农具,鲁班不可能不关心。当初我乍见点葫芦,还以为是哪位社员一时顺手而做。日后才知道,那是上了古书有名有姓的农具。《齐民要术》

一书称其为"窍瓠"。"窍",孔穴。"瓠",葫芦。窍瓠即内中掏空之葫芦也 。书中《种葱》一节言:"两耧重耩,窍瓠下之,以批契系腰曳之。"就是指用耧开沟后,用窍瓠播种。这里是说种葱,我没种过,只栽过小葱。但见过葱籽很小,若大面积播种,只有用点葫芦才合适。

小小点葫芦伴随中国农民几千年了,我想还会相伴下去。春日湿润的空气中响起击打点葫芦的声音,那就是一首生生不息、古老而又充满生机活力的歌。那歌声在向世人宣告,这里还有原野,还有土地,还有乡村,还有勤劳的耕作者……

2015 年

县城记忆

讲用会

1970年夏天，县里开下乡知识青年"讲用会"。大队干部说："你表现不错去参加吧，回来别忘了给你婶（他老婆）捎一斤果子（点心），要雀酥雀酥的。"我连声应下说："二斤二斤。"名单报上，别人都通过，我因春天在公社当广播员时犯了"播出电台"的错误，公社特意请示县革委政治部，问此人可否参加政治活动。答复可以，但不要出风头，这才最后一个通过。多悬呀，小小年纪，差点弄出个政治问题。

大山里的县城也是县城，虽然只是沿着公路有三四里地的一条街，没有城墙，也没鼓楼，但比起公社还是热闹得多。县革委和生产指挥部两个大院门对门，左右有百货、五金、新华书店、大众食堂、旅馆、招待所、文化馆、电影院（露天）、中小学、礼堂等等。到招待所报到，见当院水池子有自来水，忙洗头洗脸，然后换上干净衣服，相互招呼："走啊，上街！"

晴空白云，三五一群的男女知青，往街上一走，大声说着天津话，就引得当地人好一阵子观看。这县知青百分之八十都是我们天津34中的，34中地处"五大道"，不少女生原本是大家闺秀，下乡来泥头土脸只能忍了，这会儿环境一变，本性萌发，梳洗打扮，头发乌黑，明眸玉齿，不想招摇也招摇。卖柴的老汉说："自打光复见过日本娘儿们，这回是第二次开眼。"

这一下出了麻烦。有领导讲："接受再教育的积极分子，应该是脱胎换骨，头上顶着高粱花，脚下踩着牛粪。这些知青可好，细腿裤，白塑料底黑面鞋，女的还抹得雀白的脸，这哪能行！"

马上决定增加会议内容：吃忆苦饭。四天会，一天一顿。先上糠面团子，吃了，说味儿还行；第二天吃杂交高粱干饭，噎人，吃完有的胃疼；第三天，阴雨凉风，早上就吃，排队喝红高粱碾碎半带壳子稀粥，一人一大碗。这可要命了，上午才开上会，肚子就闹腾起来，一个接一个上厕所。礼堂座椅是那种三合板活动椅，人一起身，椅板叭地就立起来。叭，这边一声，叭，那边又一声，叭叭叭……会议主持人说："这是演数来宝呀！咋都坐不住呢？各带队的要负责任，不许走动！"

我们战区（几个公社为一战区）总带队的是区武装部部长，后

104

腰吊三号驳壳，没枪套，枪苗露出衣襟一寸。虽是老枪，也挺神气的。开始还警告我们要忍住，一会儿他自己放个屁，感觉不对劲，俩腿夹着就奔了厕所。那天早晨他做表率带头喝了两大碗。

带短枪上厕所是有讲究的，得先摘枪，人蹲下，枪抱怀里。关键是起来时，须一手提裤一手抓枪，离开坑再收拾。那天部长大意了，起来时忘了抓枪，人站起来，枪没跟着起来，刺溜——吧唧！枪没影了！部长当时就喊："俺的娘呀！"我们过去看，麻烦了，礼堂厕所是深坑，又不是冬天冻着，这会儿黄酱汤一潭……

部长傻了，只好出去找根竹竿绑个铁钩钩，钩呀钩，钩不着，我们几个男知青也帮着钩，搅得臭气进了礼堂，连主持人都受不了啦，喊关门关门谁这会儿淘粪。后来有个知青说这样不行，出去找了个破笊篱绑上，捞来捞去，最终捞了上来。

因不敢出风头，那天早饭我也晚去，前面表现积极的太多，轮到我时，忆苦粥喝得剩没多少，就喝了小半碗，结果未闹肚子。会散时，大家说这破会以后还是少参加为妙。至于部长的驳壳枪，用好几桶清水冲了又冲，按说没事，但后来见到部长，他说："不行，总卡壳、打臭子。"

挣补贴

就在这次会上，"县安办"（知青安置办公室）老主任叫了七八个知青在一间屋里抄材料。老主任念过私塾,抽个小烟袋,来回走走看看。我从小临帖写大字,又练过钢笔字,老主任最终站在我身后说:"你的字写得不错呀。"会散了,通知我留下,在安办帮几天忙。

天大好事!能挣"误工补贴"。当时"误工补贴"一天是五毛钱,我在生产队一天满十分才三毛五。但这钱挣得也挺不容易:得极认真地干活,埋头抄材料,少说话,更不能逛街。否则,就打发你走人,连临时工都不如。

头一天抄到天黑,有人领我进厢房,屋里迎面一铺炕,炕头有套铺盖:最下一层是二指厚的毡子,毡子上铺混纺棉毛毯,毯子上是两层棉褥子,布单,被子卷着,两个枕头。这套行李,在当时是相当高级了。我还以为是给我预备的,刚要说谢,一条薄被递过来,指着炕梢的炕席说:"你睡那边。"

天大黑,那套行李的主人未归,我可得睡了。两个大院,一条县街,一个熟人也没有,连个枕头也没处借。不过,《创业史》帮了我,小说里的梁生宝买稻种在车站地上铺麻袋睡,比起他,我的条件好多了。于是高兴起来,到院里借着月光找了块新砖。新砖让太阳晒了一天,散着热土气,回屋把衣裤卷了垫在砖上,枕头这就有了。被子则要横着用,一半当褥子,一半当被。只是我个子大,上身和两条腿都有半截露在外边,好在月光洒在炕上,就且当阳光吧。那次,我在这炕上睡了十天,得五块钱补贴,我每天吃三毛,剩了两块。那套铺盖的主人一直没露面,偶尔半夜醒了,真想上去躺一会儿,忍忍,就又睡着了。

县城里有好多"老五届"大学生,我挺喜欢和他们接触,听他们讲些啥,对我很有益。于是,一有机会,我就想着法在县里多待上几天。安办、报道组、文化馆、广播站,我都去,写材料,写故事,写新闻稿。但有时两部门用人之间要空两三天,回村又白搭路费,我就可怜了,在街上逛到天黑,还不知到何处过夜。月光下,行人稀少,高音大喇叭播着河北梆子《龙江颂》:"抬起头,挺胸膛,高瞻远瞩向前望……"

我也望,望着闪闪灯火,那里有欢笑与温暖。而这一夜,我将住宿何处?二十岁的小伙子,忽然想起家想起父母,有点心酸,但没有眼泪,数年间所遇的艰辛早已磨得我无所畏惧。怕什么?不就是一夜吗?书包里有好几本搜罗到的旧书,有一本《铁流》,烧剩下半本的《复活》,快翻烂的《水浒》和《说唐》。也罢,索性找个地方看一宿。班车站关门,但门洞子有灯,没有人,静静的,正好看书。看到半夜,来了两个小痞子找碴儿,县街上也有这种人的。我不怕,要钱没有,打架咱找地方,把他们吓走了。但来了一群戴红袖箍的,人太多,不行了,只能跟他们走。到了什么地方,问你带着这些反动书籍干什么?没法子,只好瞎编说文化馆谁谁抽我去搞创作,这是批判用的素材。他们立刻派人去找,过了一阵,文化馆"老五届"的朋友气喘吁吁地奔来,说大伙等着你呢,你怎么在这儿,快走吧,把我领走了。那后半宿我睡在床上。天亮,他埋怨我:你呀,带着这些书,多悬呀!

考大学

我很想读书,表现又不错,1972年公社推荐我上大学。正月里,冒大雪从天津奔县城,体检人群里,左找右看,就我一个知青。

回了村里,社员问你咋回来这么早,我不敢说,忙烧火做饭下地干活。往下多少次夜里做梦,来了入学通知书,教室铃声响,惊醒,是队长敲钟喊下地干活了。到了夏天,还没消息,那天,队里派活给猪打防疫针,我负责抓猪按倒。干到傍晚霞光灿烂了,公社文教助理骑车路过,实在忍不住上前打探,他说:"你傻老婆等汉子呀,人家春天就入学了……"

我的天呀!那一瞬间心似刀绞。问题不光是我在苦等,远在千里之外年迈的父母更是食不甘味地盼望。可这又不能跟任何人说。转回身,我把一腔怨气全撒在猪身上,专拣大个的抓。正巧遇一大公猪,劲大,没抓住,我脚下一滑,一头撞在猪圈石墙上,眉角破裂,流了血,半个脸都染红了。还不错,没把眼珠撞出来。也没上药,抓把烟末子糊上,我一个人默默走了。

我太知道问题出在哪里:政审!转年在县安办,我在一堆旧报纸和废材料中,竟意外见到几份头年的上学推荐表,其中就有我。要去的是天津医学院，果然，政审没过关。我父亲从小在商号学徒，熬来熬去，在一个分号熬成了掌柜的……

1973年令我们兴奋，邓小平同志复出，决定当年大学考试入学。虽然碰破过头，但面对考试，我又有了信心，一边干活一边复习。复习很艰苦，从春到夏，经常是晚上收工后吃口饭就奔八里地外的公社中学，找老五届的大学生请教，半夜回村，眯一小会儿就下地干活。因为上面讲，不参加劳动者，就不推荐去考试。

那年倘若不考学，还有一条路：大队书记找到我说："你考虑一下，如不去考学，就发展你入党，先提拔为大队副书记，往下还可能当公社副书记。"我从大队部出来没走二十步就返回去，说我考虑好了，我还是去考学吧。书记说如考不上，一切可就耽误了。我说那我就安心当个好社员。

盛夏火热，人到县城。考生在招待所点名，排队去设在中学的考场。当地考生三百六十人，知青只有三十六个。一双双布鞋胶鞋哗啦啦走在沙土道上，荡起一片黄尘。有人说笑，与路边的熟人打招呼。我无言，神情严肃，暗暗告诫自己：你只有这一次机会，一定要好好把握住。又祈求上苍：你睁睁眼吧，给我一条生路吧！自"文革"以来，多少人都像我一样，活得太不容易了……

连考三天，我考了全县第一。填表时，我犯了难。安办老主任知道我头年的遭遇，叼着小烟袋寻思了一阵问："你爷爷在老家是什么成分？"我说："是贫农。"他说："那就填贫农吧，可千万别报天津的学校。"

　　然后又回村里等，等了一个来月，什么消息也没有。我想这回上不了学，也就死心了，再过个一年两载，就找个对象结婚，彻底扎根。到时候，除了挣工分，隔一段我出去挣点误工补贴，她在家喂口猪养点鸡，日子还能过下去。

　　有一天下午收工回来，房东女儿是大队妇联主任，她举个打开的信封和一张纸说："你看，录取通知书，河北大学中文系。"

　　我不敢相信，拿过来连看三遍，有红印章，是真的！按说应该激动一下，但不行，往下还有不少具体事呢！包括开各种信件证明，收拾行装，还有我头年的剩余工分，都让生产队平摊在几户困难的社员家（即本来该分给我的钱，替他们交了口粮款，等于借给他们，这样生产队的账是平的），我去要，人家说你都上大学了，算了吧。能咋办？只好算了。

　　我上学了。五年的插队生活，也结束了。

　　　　　　　　　　　　　　　　　　　2015 年 11 月 11 日

老赫的乡村

命运

老赫这辈子走进大山,是命运。而命运是难以抗争的。

童年在天津,老赫住洋楼,眼里除了楼房平房就是平房楼房,于是以为整个地球就是这样的。1964年的腊月,下了很大的雪,雪中的年味变得很浓。那时老赫已过了十三岁的生日,最大的爱好是看书,还爱和同学去逛劝业场的文物商店。有天在店里见到带玻璃框的四条屏,张大千画的蜀道(赝品),山高林密,气势磅礴。老赫很喜欢,却没钱。怎么那么巧,一出门就见到他四姐,他四姐正在买年货,买得很兴奋。四姐一向出手大方,况且她们姐儿五个就老赫一个老兄弟,老赫的要求一般都能满足。她毫不犹豫立即掏钱买下,回家后挂在房中的正面墙上。老赫本以为能得到父亲的赞许，不料他看见叹了口气，说行路艰难啊，傻儿子，你莫不是要去那里？

真的就让父亲言中了。几年后的正月里，老赫就离家走了，去塞外的大山里插队。初到那儿，老赫感觉就像钻进了那四幅画，环视四周，群山铁桶阵般团团围定，真乃插翅难飞，人，整个掉进去一般。

掉到山里很长一段时间，老赫迷迷蒙蒙总似在梦中。时光在老赫的眼里仿佛一下子退回了数百年，一切都变得那么古老而且单纯。尽管老赫不知道先前该是何等模样，但又认定应该就是这样吧（好像在哪本书里见过）。不过，说心里话，对此老赫并不反感，它让老赫惊慌不稳的心倒有些安抚，渐渐走向平静。老赫家庭出身不好，"文革"被抄家，书、画全烧了，后又给老父亲弄出许多莫名其妙的问题。眼不见，心不烦。来到这山里也挺好。于是，老赫安慰自己，认了吧，这是命运，这或许就是当年四条屏在应验。

视觉

山里的一切，老赫首先是从眼睛里得到的。男女社员的衣裤尽是用家织的小粗布做成，只有公社和少数大队干部才穿细布。小土布粗糙不平，穿一阵就起疙瘩起毛。染布的染料有的还用植物的根茎,于是就染出类似日后牛仔服那样的深蓝色,且不均匀,深一块浅一块花花搭搭的,倒也不难看。

山里的男人长得很结实,个子都不大高,可能跟从小挑担子有关。成年男人又称男"劳力",即能挣工分的劳动力的意思。劳力脖颈子正中都必有块硬包,那是挑扁担换肩长时间压出来的。老赫挑了一春天后,一摸脖子后也有了那么一大块硬东西。老乡说行了,挑东西你也就算练了出来。老赫心里说别再练成了骆驼。但没法儿,没那个肉包挑担子还真不中。

老赫很羡慕妇女,妇女不挑担。妇女还能打扮。中年妇女的打扮有特点,头式叫"两把头",是传统满族女人的梳法,即中间一条分线,向两边向后梳。梳到脑后打一个弯翘起来,像大公鸡的尾巴。老赫他们乍看就偷着笑,但时间长了也就看习惯了。

春天又大旱了,塞北干燥的山坡地上,沙土冒起青烟。老赫随一盘粗子种地。老赫不会干别的只能拉牲口,一头叫驴一头驴骡,后面是扶粗子的、点种的、撒粪的、培垄的、踩垄的。从早干到晌午时分,人畜又渴又累,但活儿没干完,只是在太阳下忍耐,麻木地操作。那一刻,热气从脚下升腾,大地静静的,只有击打点葫芦(撒谷种的工具)的响个不停,并从山谷远处返来回声。老赫朝前望,山脚河床长长,山坡田垄长长,再回头看,人畜汗水长长,一对对足迹长长,老赫心中忽然叫道:我的娘哟,敢情农民几千年的岁月原来就是这么走过来的呀……

口音

这里的口音是奇特的，大概在全中国也是独一无二的。其特点就是发音中没有儿化音。比如盆儿、碗儿、罐儿，他们就念成盆嗯、碗嗯、罐嗯。你只要连起来念，就能念出那种感觉来。

老赫发坏，编了一套套的话，专门把那些让他们念着容易出乐的词连在一起。举个简单的例子，如"别看现在我们二和二不分，将来分清了二和二，我们就辈辈出官"，让他们一念，就是，"别看现在我们嗯儿嗯儿不分，将来分清了嗯儿和嗯儿，我们就奔儿奔儿出光儿"。老赫听了就乐。

老赫刚到村里，听他们的话尤其是老年人的话还有点困难，原因是老年人说话有点像唱出来的，要拉着好长的腔调。后来日子长了，不光听得明白，而且听得很顺耳。从中也觉出一些奥秘，那就是这种话音很适合在大山沟子里说，而且是远距离隔坡隔河地交谈。但在社员家里开会时你就得有点思想准备，不用多了，有两三位老汉你一言我一语地说，就跟干架一般，连棚顶的报纸都会颤动。

老赫爱听女人讲话。这里女人的声音很好听，语轻，只是语速要比男人快。不仅如此，还有一个特点是女人说话"齉齉鼻"，就跟鼻子不通气似的。而且，女人还以这种腔调为美，有的人鼻子本来通气,却偏要捏鼓得不顺畅,以达到那种效果。这样,她说话就容易引起别人的注意。

老赫和社员们整天滚在一起,慢慢地也受影响。虽然不会"嗯儿二儿"不分,但语调却有了明显的变化。这地方过去是和东北几省划在一起的,总的语调是与东北话相似的,因此,老赫的语音里也就有了东北味,外出时,有的还误认他是东北人。老赫还问人家,你似(是)哪疙瘩的?

山村

小山村离县城近百里,百里盘山道尽是胳膊肘子弯,胶轮大车也要走两整天。村里一辈子没去过县城的大有人在。人们对县城的想象,犹如想象北京天安门。去过县城的人,永远是社员在一起聊天的核心。说来很怪,虽然老赫是从天津来的,但没有人对天津感兴趣。在他们眼里,县城是实实在在地存在着,而天津在哪儿?大概在天上吧,离得太远了,不值得一去。

闭塞了也有好处,城里的革命洪流再滚滚的,滚到这里也没了多少劲头。老赫非常高兴,运动离这儿好像很遥远,这里每天就是敲钟、下地、干活、收工、吃饭、再敲钟……极少有人高喊口号,没有人查成分,没有人抄家烧四旧,总之城里那些让人胆战心惊的事,在这里少见了,对此老赫很高兴。只是这里很贫困,不多的薄山地打的粮食总也不够吃,糠菜半年粮在社员那里很平常。就因为穷,当初没有任何一个生产队愿意要知青,只能平均摊,一队一人。隔山隔河的,联系不便,又没有任何特殊待遇,几顿稀粥喝过,干活顶个破草帽,砍柴腰里扎根绳,日子不多,老赫和社员已没有什么区别了。有时,老赫甚至比社员还社员。比如,老赫那个家,空空如也,耗子都不愿去,说白了根本就不像个家样。老赫的日子过得挺惨的,但老赫不咋觉得。老赫自己说:咱叫傻小子睡凉炕——全凭火力旺。

野性

很快,真的很快,老赫就感觉着自己就是土生土长的山里人了。老赫心说这他妈的挺好。山里人的日子虽然苦,可再苦的日子里也有欢乐。这种欢乐在山外是被严厉批判的,而在这里却极寻常。那就是男女间大胆的嬉闹,以及屡屡发生在山野间的原始性爱。

秋天打场时,老赫见一男一女俩社员抬杠叫号谁也不服谁,男的说你若敢干啥我就敢干啥。女的说你要不敢干啥你就不是那个啥。一旁人非但不劝反而添油拱火,结果俩人较劲较到深处,在谷垛边就动了真格的。把老赫吓得要跑,又忍不住想看,可惜他俩滚了一身谷草,看不清。但老赫明白,这要在城里还了得,非得抓起来不可。不过,在这儿则大事化小小事化了,村干部骂咋闹得这过分! 男的说怨我,女的说我也有责任,俩人还挺仗义。往下男的赔了一桌酒席,就啥事也没有了。

老赫开始还有学生的羞涩。但架不住日久天长,渐渐就听得脸不变色心不跳。当老赫放大胆敢细细地看村里年轻的女子时,不由得就惊讶了,原来深山出俊鸟并非虚言,这儿的女子端的长得好看。好看在身上,是细纤苗条又不失丰满,腰身柔软得颇似风中柳,挺起的胸则像刚出锅的馍,圆鼓鼓地朝前使劲。好看在头上,长发虽然会裹些尘沙草叶,但只要散开一抖一梳,就还原成一幅青缎。好看在脸上,则是清清秀秀的瓜子形。直溜的鼻管,薄嘴唇。而最关键的眼睛,偏就不要有多大多圆。两个眸子朗星般的明亮,眼角则笑似的往上翘,随便瞥哪个男子一眼,管保让他失魂落魄……

绝非老赫有意夸大,后来老赫从旁人那儿知道原因——是这里的水好,滋润。二是这里是草原与平原交会的地方,历史上有多个民族在此生存,不同血缘世代交叉融合,就有了择优去劣的最佳成果。好啦,老赫想那些费脑筋的道理,还是留给日后丰衣足食的人们去研究吧,在头脑发昏的年月中,藏在大山深处的草民还能干啥呢? 稀粥烂饭灌饱肚子后,在暖暖且凉爽的山风中,还是去寻找一些属于自己的快乐吧。老赫觉出那真是一种独特福分,他都企盼能得到。

夏夜清凉的小河中,女人们在明亮月光下脱得精光,尽情地欢笑洗浴。村里的坏小子拉老赫去偷看,老赫紧张得心要跳出来。但亮银子般的水波已将女人们身体涂抹得严严实实,看不清细节。有胆大的小子跑到河边抱衣服,远远地喊要衣服的从水里站起来。水中的叔伯嫂子竟有敢站的,甚至追上岸。此刻若被她们捉住可不得了,定被收拾得换个叫娘不可。老赫落荒而逃。不赖,事后没有人恼,彼此依然相处极好。老赫这才吃下饭,但往下不敢再去偷看。

新媳妇是村里的一道风景线,闹洞房是小叔子们最渴望的事,乱点分寸是不可避免的,但却吓不坏人,只会撩拨得新娘子情窦大开,与新郎同身心过好新婚之夜。转天在下地歇息时,她男人主动说则可,否则就要拷问,不招出细节是不行的。于是,新娘子就没了神秘的外衣,很快与全村的已婚女子浑如一体,成为创造山村欢乐的一员。

老赫从中霍然读懂了男女,于是带着潜在的欲念,随众人共享言语间的欢乐。盛夏晌午,收工回来,老赫抄近从一户人家堂屋(山里的房子有后门)穿过时,正值那家年轻女人(已婚)在盛饭。在热腾腾的白气中,她起身与老赫碰个正面,他光看上半身,两只圆大丰满白面馍般的乳房,就在老赫的眼前诱人地颤动、颤动。老赫不知所措,进退两难,她则笑道,你吃不(饭)。老赫吓坏了,说,不敢不敢,看一眼就中了……

企盼

五年风雨,老赫已成人。老赫不再想城里,老赫甚至忘了自己是在英租界洋楼里长大的。三间茅草屋,一个知心勤快浑身有劲的女子,那是老赫的梦寐之求。

老赫讲文明,向村中喜爱的女孩曾婉转地表达心意,可惜却很难得到真诚的回应。不是女孩无情,实在是人家比老赫聪明。女孩在场院的月光下跟老赫边燎毛豆边说:你跟我们不一样,我们是注定在这山里待一辈子的,你早晚要走出去。老赫说我不想走,我要在这儿扎根。女孩笑道庄稼也不是想扎根就能扎,何况人?老赫说我喜欢你呀。女孩把烧熟的豆子塞进老赫的嘴,猛地亲了老赫一下说,中啊,我可不能毁了你,别着急,早晚有更好的女孩等着你。

月亮钻进云里,女孩走了。老赫望着远去的背影,感觉着脸上还有余温,眼泪却不知不觉淌下来……

小队

生产队又称小队,老赫那个队二十几户人家,百十多口人,同在一口锅里抢马勺。小队没有队部,开会要么在饲养室,要么在

119

住房比较宽敞的人家。在饲养室开环境差，外面是牲口棚，屋里大锅炒豆料，呛人呼啦的，炕上有块破席头子就不赖。在个人家开，就干净多了，炕上地下也有处坐。若去的次数多了，也得给点补偿，到年底给些工分。平时队里的火油（点灯的煤油）瓶子放那儿，开会点灯他家点灯就混着用了。老赫愿意到社员家里开，可以看墙上镜框里排得紧紧的照片，然后对照着找人。一看，当年很年轻很帅，现在老个屁的了。

全小队大家干一样的活，吃一样的粮，拿同等分值的工分，看去像一大家子，没有太大的差别。差别主要差在有的家劳（动）力多，工分挣得多；有的家孩子多，口粮款不够。但秋下都是按人口先分粮。粮多的可以卖了钱交款，人口少的则要花钱买粮，两下一平均，不找平也差不到哪儿去。反正最终是大家伙一块穷，穷大家。老赫一个人，口粮总也不够吃。

若论日子最好过的，生产队长家应算一个。队长有派活的权力，他一句话，让谁干啥就得去干啥。队长的家属还有他的亲戚一般都能干上好活。比如大冬天妇女除了挑粪之外，这日需俩人给县里来的干部做饭，那这活儿基本上就轮不到外人头上了，准是队长老婆和老妈娘儿俩干。用公家的米和柴，既烧了自家的炕，还落下泔水，吃剩下的饭菜自然也不上交，娘儿俩还都记满分。做饭在屋里，暖和，挑粪爬大山，贼冷，但没法，谁叫人家男人当队长，有权。当队长秋下分粮也有权，刨红薯（山芋）刨到某块地,这儿的红薯长得块头大晒薯片又出数,社员都惦着。可队长心里早算计好了,说从谁谁家分起,就分。社员都明白是咋回事,可不敢说。不是那家老爷们儿有啥能耐,是那家女人是队长的相好,队长总得报答报答,借着分粮看似随便一定就公私兼顾了。

生产队的第二号人物本来是副队长,但副队长多选干庄稼活的老手,长工头似的带着干。于是,有点文化会使算盘的小队会计,一般就成了除队长之外的另一实权派。那时村里开会还要传达,生产队长不去。可小队会计得去,他能记点录。回来虽然十沟(话)忘了八沟,但没他还就是不成。此外,生产队有点卖这买那的事务,小队会计自然就是具体经办人。因此,小队会计下地干活就少,衣兜里有本有笔,还有公烟(烟卷),来了司机拉果、兽医劁猪种马配骒等等,凡涉及全队利益的大事,还可以用公款做饭,买薯干酒请人家。别说社员眼热,就连老赫也羡慕不已。老赫刨半天红薯回到家,最好的饭也就是一盆高粱米粥(还是杂交高粱,涩,打场时驴都不吃),与队长、小队会计他们滋儿咂吃着喝着,绝对天壤之别。所以老赫有一阵最大的希望,就是将来自己有儿子长大了能当个小队会计,到时候一说自己是小队会计他爹,打肋巴骨往外都冒神气。

生产队干活比较快乐,有说有笑。快乐就快在心里没负担,干好干赖挣了工分就行,庄稼长得好不好,秋下是否多打粮,跟自己无关。因此,自留地收拾得跟绣花一般,但在生产队时男女老少又是起五更又是挑灯夜干,累个贼死,那点活儿却总也干不完。春天老赫和几个年轻人往地里补种豆子,收工了还有小半口袋,挖个坑埋了,上面压块石片。天热豆子发芽,硬把石片拱起来。这要是自己家的活儿,舍得吗?那会儿活累吃的又不行,整个小队从老到小都瘦,没有过一个胖子。日后见城里有人发愁减不了肥,老赫说有法儿,跟我去生产队,干俩月就行,谁要不瘦,我跳河!

喝酒

小山村里有个代销点,代销员逢集去公社供销社进货,小推车一边是针头线脑,一边是个大黑坛子(那时刚有塑料鞋,没有塑料桶),里面装的是薯干酒。薯干酒又辣又冲,一口下肚,轰地一下就冲到脑瓜顶,所以也称大炮,酒量再大的也架不住几炮。不过,对喝不起或很难尝到酒的人来说,偶尔轰一炮,也挺过瘾的。实在轰不起,就挤进代销点围着酒坛子紧吸拉鼻子,不花钱闻酒味。也怪,老赫家里没人能喝酒,老赫却挺馋酒,也爱闻酒味。

代销点还卖火油(煤油),打到棒子(瓶子)里跟白酒没啥区别。有天老赫攥着棒子从代销点出来,被个馋酒的拦住,老赫坏,装着舍不得,结果那个就非抢不可,抓过去仰脖咕嘟就灌了一大口,灌完了才觉出是火油,往下好几天说话跟拉破风箱一般,喉坏了。这玩笑开得有点大了，但表明了酒的巨大吸引力。

下乡第一年冬天队里分红，队长生扣老赫两块钱让请他喝酒（不请不行）。晚上就去队长家，队长媳妇炒了白菜帮又炒白菜叶，老赫坐炕头上第一次像回事地喝酒。想想到山沟里这一年的辛苦，想想年迈多病的父母，想想日后自己的前景，万般愁情滚滚而来。队长看出老赫的心思，说喝酒吧，一喝全舒服了。老赫就灌了几盅薯干酒，顿时人就轻飘飘不知在云里雾里了，心里的疙瘩全不见了。喝到最后，老赫身子朝后一倒就睡着了。半夜里醒了，伸手一摸这是在哪儿呀，怎么还有长头发的，后来呼啦一下明白过来，身边是队长媳妇呀！吓得老赫天没亮溜下炕就跑了。

借酒消愁，老赫几个知青凑到一块儿就喝薯干酒，明明不好喝也要喝。实话实讲，喝下酒，能让人心里轻松一些，起码不想家。当时村里舍得喝酒的社员多是成分高的。原因是他们多娶不上媳妇，家里劳力多，口粮款少，有点余钱，往下也没啥盼头，不喝留着干甚。而成分好的得说媳妇，孩子多，还得筹备盖房，所以必须处处节省。因此就有个笑话，批斗会上一贫农控诉说你们（地富分子和子弟）还吃香的喝辣的，这叫啥新社会，还不如旧社会。结果立马把他也给揪上去批斗了。

老赫很羡慕村干部，当村干部最大的好处是能常喝到酒。除了社员家有个红白事或盖房当兵招工要请他们，后来就发展到陪上级领导吃派饭。但那派饭不是挨家派，而是固定在一两户条件较好的人家吃。一般那家妇女得干净利索人还得有点模样,嘴还会说。最好男人在外是个干部,家里没有齁拉巴喘的老人和吱哇乱叫的孩子。这种饭有酒有肉档次较高,一般下乡干部享受不着,起码是公社革委会主任一级,还有县革委的领导。大队主要头头这时就顿顿陪吃陪喝了,而饭费则事后由大队统一结算,折成工分。故那家妇女在家做饭,一年也顶上俩好劳力。别人却也眼红不得,一是你没人家那两下子,二是你家也没酒,尤其是没好棒子(成瓶的)酒,而人家老爷们儿能买来高粱酒。这种饭老赫只吃过一顿,是县武装部的副政委来,听说老赫会写诗,就叫来了当场听。可能是诗一般,就再不找了。

老赫自己也买酒。有一年冬天代销点卖枣酒。枣酒比薯干酒好喝多了。老赫打了一斤,每天喝点。有个雪天收工回来,心情不错,炒上两个鸡蛋,把剩下的一两多酒倒在一个小铝碗里,放在灶口的热灰上温着,准备美美地享受一下。不料把鸡蛋端走时,脚下碰动烧火棍,那棍不偏不斜叭地就把小铝碗打翻,一点酒也没剩下。气得老赫把烧火棍撅成两截,扔灶里烧了。

忆苦

忆苦的重要内容是讲完了吃一顿忆苦饭,老赫对此挺感兴趣。吃得好赖无所谓,关键是老赫省了一顿饭。

1971 年冬搞阶级复议，重新定成分。各村进驻贫宣队，晚上演节目发动群众。老汉的白眉毛白胡子是用棉花粘的，汽灯一照胜过杨白劳。女孩的花布衣是《红灯记》李铁梅那件，老太太索性用了沙奶奶（也是李奶奶）。三个人挂棍端碗在大队部门前空地演乞讨一场，二胡板胡横笛吱啦一响，扯开嗓大唱，"天上布满星，月牙亮晶晶，生产队里开大会，诉苦把冤、冤、冤啊申……"那时节正刮北风，飕飕贼冷，把仨人冻得直哆嗦，一个劲儿冤冤冤，差点没申出来。老赫也是宣传队的，管效果，站在房顶上扬谷糠，白花花的飘呀飘，下雪一般。扬着扬着，隔壁院里有人喊：别瞎扬了，都扬锅里来啦！

隔壁当院支口饲养室炒豆料的大锅，咕嘟咕嘟煮着稀粥，粥是高粱米头遍糠做的，当地人称这糠叫"刨糠"，比正经糠要粗得多。老赫分析刨糠的"刨"字是从刨花那引来的：做木活先出刨花，然后还要用砂纸打磨，出细末子。刨糠是打场时头遍糠，以壳为主，相当于刨花；到了二遍糠就是细糠（细末），再往下就出米了。按说"刨糠"喂猪都不是好料，可那是贫宣队长特意交代的，说忆苦饭就得吃不是人吃的东西，谁不吃谁不是贫下中农。这还了得，那年头成分不好连民工都出不上，更不用说娶媳妇当兵。于是社员们都乖乖夹着大碗来看节目。看完一人一碗，咕噜噜硬往下灌，眼瞅就见了锅底，贫宣队长说再演一遍再煮一锅。没有现成刨糠，就改用了谷糠，雪花都进锅了，转天全大队有一半人拉肚子。

据老赫所知，所谓忆苦饭的原料不外这么几种：麦麸子、高粱糠、谷糠、豆腐渣、豆饼、野菜等。其中以麦麸子最好，蒸出颜色暗红，发黏，不很噎人。可惜塞外不种麦子，老赫吃过若干次，都是糠，想想，倒也应了吃糠咽菜那句话。不过，如果吃的人少又不愿祸害自己，就吃干的，偷偷掺些粮食蒸饽饽吃。若是喝粥呢，那就得看粮和其他东西的比例了。正七三还将就，要是倒七三就有点像猪食了。可吃干的也得分怎么吃，老赫那个生产队评多少日子也没评出地主来，换了几个贫宣队员也都是贫下中农，连富农也没有。贫宣队长不服气亲自来了，说俺今天和大家一起吃忆苦饭，每人一大碗干豆腐渣，不许喝水。就噎得个个眼珠子差点冒出来，转天晚上开会还屁声连天，结果就评出一个富农。贫宣队长噎噎带头放着屁说咱再吃一顿纯谷糠饽饽吧，每人斤半。谷糠比豆腐渣还噎人。生产队长告饶说别吃了，今晚评不出地主，我带头报名，老赫说我也报名。

不是瞎编，是真事。那时极左搞到了极致，上面下指标，地富评得多，贫宣队是先进，评少了，谁也别想过关。

扛耱

塞北的农田多坡地，耕种较平原费工费力。山坡地的耕种方式大致有三：一是用牲畜拉犁杖；二是人扛耩子；三是用镐刨。其实，在面积很小的地块里，扛耩子是比较合适的。要是用大犁杖，牛马都没有掉头的空间。老赫对此深有体会。

耩子比犁杖略小，前有铁铧犁，后手犁杠斜着扬起，正抵在执耩者的肩头。前方一人或俩人纤夫似的拉绳，后者猫腰弓身用力向前拱，耩子就前进了，垄沟也就豁开了，然后再撒种。这种方式简便实用，还特别适合一家一户的播种规模。但由于是人工方式，人体姿势又和一些美术作品画的旧社会农民受剥削的形象有相似之处，所以后来被禁止了。其实经过秋后翻整的田地，到了春天还是比较松软的。加上不是长垄，到地头就可以喘口气，也说不上多累。可那个时代要革命形式，不要实际，说什么也不许扛了。老赫牵牲口种地时最怕在小地块里掉头，因为地边往往就是崖子边，挺陡的，老赫怕，牲口也怕摔下去，牲口就往里撞。一撞，就踩了老赫的脚。牲口蹄子多硬，一下就踩肿了。老赫说还不如扛耩子省事。但又不敢，还得拉牲口。

栽薯

村边有条小河蜿蜿蜒蜒，从大山深处一路欢唱奔来，从身到心纯净无瑕，绝没有半点污染。一眼望去，水下圆石的花纹和小鱼的鳞片都清清楚楚。天热时，干活来到河边，摸摸水并不凉，老赫就想下去扑腾几下。社员就喊下不得哟，水一浑，红薯就长不好，冬天爱烂窖。老赫不知真假，但见大家如此看重这河水，也就收敛了手脚。

农活是栽红薯，男劳力挑水，这是累活。队长说了一声起肩吧，几十条汉子腰板唰地就挺起来，耳畔立刻就响起扁担的嘎吱声。一支负着重担的队伍，开始沿着羊肠小道朝山上一步步走去，老赫是其中一员……

红薯是好东西，一亩山坡地能收三千多斤呀。尽管红薯吃多了烧心，但为了填饱肚子，也就顾不上那些，村里年年都要栽种大量的红薯。栽红薯又叫抹秧，就是把红薯秧轻轻抹（薯秧易折）在坑儿里，立刻浇水，再封上土，踩实，秧就活了。薯秧喜水，没水活不了，水在栽薯时贵如油。说到底，有了水，才有红薯，才有了让大山里的芸芸众生世代生存繁衍的基本口粮。

村里没啥好田，一块块沙土地高高挂在半山腰。几趟水挑上去，再壮的男劳力，也浑身是汗大口喘粗气了。尽管如此，却没有人藏奸偷懒。不用监督，水桶总是装得溜满的，跟往自家水缸里挑一样。没人提醒，脚步都走得很稳，尽量不让水洒出来。因为都知道，这水太宝贵了，到了地里，女人每浇下小半瓢，就能栽活一棵秧苗。而一棵秧苗，秋下就能收获三四斤红薯，就够一家人吃个半饱，再配上盆稀粥、咸菜，一顿饭就解决了。说来，这一切都要感谢那条不起眼的小河。只要有那涓涓不息的清清河水，人们就有信心熬过艰难的日子,就对未来充满了希望。

将近晌午,日头变得愈发焦躁,山地变得热气蒸腾,肚子则变得饥肠辘辘。老赫挑着空桶下来,再回头,抹秧的队伍又移到一块更高更远的地里,颇似进了白云深处。老赫两腿早已没了力气,肩头也压得生疼,然而也怪,只要一来到河边,用手捧起河水甜甜地喝下去,老赫身上的气力很快就找了回来。不光老赫,挑水的劳力都是这样,大家每一趟归来都喝河水,于是就像增添了新的能量,随后,一个冲锋,队伍就又杀到山上,又带起了一阵加快抹秧的热闹场面。收工了,人回村了,一排排红茎顶着绿叶的秧苗,则在贫瘠的山坡地上扎了根。日后,只要没有大旱,那秧苗就会长大连成片,将山地整个包裹成一片翠绿。往下还翻几次秧,不让它乱扎根,如此,主根到秋天就能结出大块的红薯。红薯块大,蒸熟了就甜。切成片晾,薯干片就白,也好保存。到了初春,妇女借驴轧薯干,碾道里用细箩筛,筛得细雪蒙蒙,人、驴、碾子都罩在其中了,尤其是女人,甭管先前是甚模样,这会儿一准变成了白嫩的西施,老赫挺爱看的……

井水

说来,老赫所在这村的红薯产量高质量好,原因就在于那条河的水好。同时,河水还连着井,村里的一口井水,水质好,清冷

129

甘甜，用这水做出的豆腐格外好，又白又嫩。当地吃一种水豆腐，就是用卤水点得嫩嫩的，不放在布包里压成块，而是直接连豆腐带汤汁盛起，放入用高粱秆扎的大浅子上，浅子下是瓦盆。于是，豆腐汤缓缓流到盆里却又流不净，上面的豆腐半含了汤汁，就变得分外香嫩。每次吃水豆腐，老赫都撑得下不了炕。

生产队长的绰号叫"豆腐匠"，手艺是祖传的，方圆几十里都有名。据说早年有算命的先生看了这村的风水，说此地必出一大将，说得极准。可若干年里，这村连一个当小官的也没出。有人就问算命的，算命的掐手指又算了半天说不对吧，你们村不可能没出大将。有人搭话说倒是出了个豆腐匠。算卦的一拍大腿说对了，那个指标让他给占了。

水好，女人的头发就好。房东女孩洗头前，那头发就是一团乌黑发亮的青丝，若是缠在一起，可不容易梳开呢。而一旦洗净梳顺，就变成亮缎子一般，非常好看。可惜干活时尘土飞扬，头发极爱弄脏，因此，女孩都戴头巾。头巾红、绿色的居多，特别在冬天的原野里，很醒目。老赫干活时戴个旧帽子，他觉得不如当个女的，能戴好看的头巾。

青山

都说"留得青山在，不怕没柴烧"。可老赫在山村数年间最发愁的,却是守着青山在,就是没柴烧。为省柴,老赫每天上工前把一锅米烧个小开(水刚冒泡),到中午,米泡烂,吃到转天早上,再煮一锅。那饭,一点香味也没有,吃得老赫馋猫一般,总盼生产队的牛滚坡,那么着不光能吃一顿肉,还不用费自己的柴火。

夏天的山上是绿的,但近看是秃的,只有些贴地皮的小草装点风景。山上没了树木荆丛蒿草,就风起沙土飞,雨下泥石流,毁了庄稼又淤了地。谁都知道早该封山育林了,可人不能吃生米呀!还得硬着头皮去割。一把把飞快的不辞辛劳小镰刀,一辈辈愚公移山精神相传,终把林木茂盛的大山修理成秃头。

已是这般光景了,妇女和孩子天天还要背着柴篓去寻柴,篓内尽是些荆梢(山上一种灌木,多年生)根茎。再看山上,羊群正在觅食。山羊看似温顺,但其吃草的方式是很可怕的,它嘴啃蹄刨,斩草又除根。多少歌中唱羊群似白云朵朵,然朵朵白云在山上飘过,身后留下的却是万千蹄印和点点黄沙。有一种景象是极其可怕的:荒山有一层薄土层遮盖,上有青青草皮宛似绿毯。然一旦撕开个口子,哪怕是个小口子,其后果就是越撕越大难以补救。

老赫做梦,梦中灶里不再烧柴,而是烧煤。听说有一种沼气,是可以点燃做饭的。但从梦中醒来,灶膛里却是冰冷的。没有柴做饭,没有柴烧炕。无奈何,把队里的秫秸杖子(墙)偷一段烧了。总得把饭做熟。不错,吃饱了。再做梦,梦中老赫终于走进山间繁茂葱茏的草木中,却没有带镰刀,感觉是不再缺烧的了。那一刻,老赫激动得要跳起来。

闹鬼

讲鬼故事,是劳动间休息时最永久的话题。尽管天天喊横扫一切牛鬼蛇神,但每当讲起鬼呀神呀,众人听得都极认真,没有人表现出不屑一顾。当然,讲鬼故事最好是在夜里。老赫爱听鬼故事,自我感觉胆挺大的。

秋后,大田的庄稼都收了入场了,有一天队里派老赫去看场。看场实际是夜里在场院住,睡在四面漏风的小屋里,防止丢粮食。场院在村边,周围没有人家,都是庄稼地,天黑后怪吓人的。那天看场的是生产队长和老赫,躺在小炕上,隔着破瓦片能看见夜空中浅淡的月亮。队长就讲鬼故事,讲到最后说这两天夜里他看见有个一丈多高没有脑袋的人在村边转悠,转悠转悠就转到场院这来……老赫身上起了鸡皮疙瘩,但嘴硬说不可能,队长说你等着瞧吧。

说罢队长呼呼睡着了,老赫却一点困意也没有,他要瞧瞧到底有鬼没有。场院屋没有门,是用两捆谷秸挡着的,夜风凉飕飕吹进来。老赫有些饿,就出去抓了一把未打的豆秸。一阵噼啪响,炸开的豆荚里迸出圆溜溜的黄豆,黄豆在火中烧熟,散发出独

132

特的香味。说老实话,这是吸引老赫来看场院的重要因素。

火熄了,老赫从热灰中找豆吃。忽然,那边哗啦一声响,就见场院对面有一个足有两丈高的大东西忽悠悠晃过来,月亮却偏在那一刻钻进云里,老赫顿时毛骨悚然腿都软了。这真的是那个鬼吗? 不过,这鬼却有头,长头发在风中飘。天呀! 还是个女鬼! 她还有脚,一步步走过来。老赫让自己镇静,一边准备战斗,一边推队长说快醒醒,队长迷迷糊糊地说扔过些豆子就中。老赫忙用锨扬过些灰和豆子。怪了,那鬼哗啦一下倒下了,然后就变成一个人影捡豆子吃。老赫上前看,气坏了,原来是队里的二傻子,刚才是他抱着一捆高粱秆转悠过来。他知道看场的都烧豆子,就夜夜来。至于谁教他抱高粱秸,就不知道了。

表情

山村是有表情的。老赫插队那会儿这种表情很是难受:泥泞的道路,乱堆的石块,废弃的院落。而村民院内,尽管主人也天天打扫,可一个臭气烘烘的猪圈,一垛乱糟糟的柴火,还有炕烟倒风的大灶。

山村的自然条件确实差一点。可村民就该生活在这样的环境里吗? 回答当然不是。但又该变成何等模样呢? 那时老赫是想不出来的。时隔三十年后,老赫又到山里转,终看到这样一幅梦寐以求的画面:在一条水不多但河套很宽的河旁,矗立着一排排黄白色的楼房,碧水蓝天映衬着,颇有几分仙境的样子。

这又不是画,是真的。老赫走近前更惊讶了。说来乡村里富户盖小楼并不少见,少见的是这样成片的楼群。会不会是做给外人看的呢?老赫走进楼房走进住户,于是就看到他们确是当地的村民,而家中装修摆设则与城里无二般。老赫不服,问住在楼里还怎么养猪喂鸡?人家笑道看不到一楼的小超市吗?弄老赫一个大红脸。老赫的观念看来太陈旧了,这样的日子哪里还用养猪养鸡?不过,老赫也明白,这是个有矿山和企业的山村,村民的收入甚至高于城里人。于是老赫就把这里当作山村的最佳表情。往下,老赫要寻找带有普遍性的表情。老赫要看家中养猪养鸡有狗还要烧大炕那样的村子是什么样?或许还是许多年前的老样?

这样的村庄也轻易地就找到了(盖楼群的毕竟是少数)。隔矮墙见一家房子起码建有二十年了,老赫便进去。于是就见到了"三改",即改圈改厕改灶。让老赫惊奇的是猪圈已没有了昔日的模样,更没有臭烘烘的气味。一面坡的猪舍,朝阳全是玻璃(冬季暖和),两头大肥猪逍遥自在地在光滑的水泥地面上溜达。地上的粪会随时冲进猪舍下的沼气池,沼气通过管道进屋,就可以做饭或取暖(取暖需转化)了。而猪舍旁的洗手间(厕所),墙上是雪白的瓷砖,淋浴器和抽水马桶一应俱全。这在过去是很难想象的。说心里话,老赫这些年到村里去,吃得好赖都无所谓,最怵头

134

的是上厕所。现在变成这个样子,若不是亲眼见,他真不敢相信。当然,并不是所有人家都达到这个程度。但如今已有更多的村庄正朝着这个目标使劲。用不多久,会有更多的农村有这种表情。

这种乡村表情很难得,于是,老赫的"笔记"也有了新内容。

节 日

老赫深知,山里人早先最看重的节日,是春节、八月节(中秋节)、五月节(端午节)。最近老赫到乡下喝酒,聊到节日,一个村民告诉老赫他心中有五个重要的节日。老赫听了觉得很有新意。

村民说的第一最最重要但在月份牌上又看不出来的节日,应该是12月18日至22日。老赫反应还可以,说那是十一届三中全会召开的日子吧。村民笑道一点也不错。他说这个日子对整个中国来讲都很重要,但对农民更为重要。他以自己为例(他属牛,与共和国同岁),他家日子在村里算是中上等了,但从上小学到中学,每年也只能在过年和八月十五时吃上点肉,而且也就是一顿,至于吃到每个孩子嘴里,就少得可怜了。剩下的日子家中只要能喝上稠粥,在左邻右舍中就很自豪了。他说那时倒也没觉得多苦,一是大家都一个样;二是也想不出农村的日子还能好到哪里。只有十一届三中全会以后,才让农民渐渐地明白了,敢情农民也能过上酒肉顿顿有、米面吃不完的日子。他说上世纪80年代中后期,农民家饭桌上最好的饭菜是炖大肥肉蒸白面馒头,喝的是薯干酒。90年代则变成猪牛羊肉外加鸡鸭鱼,吃稻米饭。待到2000年以后,农民已经开始追求纯自然的绿色食品了。他指着刚出锅的饭菜,说绝对不打农药,在城里是吃不到的。因此,十一届三中全会应该是农民心中最神圣的节日,中国农民永远感谢那个日子。

村民说的第二个节日是国庆节。尽管都知道这个节让中国人民当家做了主人,但说实话这个节原先农民是没空儿过的,农村没假日,而且那会儿正是秋收大忙季节。可为何如今这个节在一些乡村备受重视?原因是出了国庆黄金周,出了乡村旅游热。城里人如今爱吃农家饭,秋天满园瓜果满地粮食,乡土气息愈发浓重。在农家小院里,大锅贴饼子大锅饨羊肉大锅熬豆角,还有焦黄的小米面煎饼,炒柴鸡蛋,都是一看就令人胃口大开的。农家妇女做这些饭菜,不讲花哨讲实惠,不讲拼盘讲"三乎",即热乎、烂乎、狼乎(量大)。因此,在喜迎国庆的日子里,村民们也在庆祝自己新的丰收。而且,从目前的趋势看,乡村旅游已经不限于黄金周了,平时城里人也常到乡下来。

村民说的第三个节是中秋节。中秋节在乡村原本是极受重视的,乡村贫困时中秋节是人们解一次馋的宝贵机会。但由于现在生活好,而且在外(工作、打工、学习)的亲人很难在这天回来,再加之与国庆节相距太近,于是这个节的气氛起码在长城以北的山区就不特别浓了。不过月饼还是要吃的,家人还是要聚的,欢庆主要集中在八月十五晚上的那顿饭。至于赏月,得讲实话,北方乡村此时晚间气温就挺低了,坐在热炕上边喝酒边看着窗外的明月,当然十分舒服。若是在院里待长了,就有些凉。所以八月十五这天晚上,村街很长时间里是人车稀少。好在家家屋里都是灯光大亮笑语声声,节日氛围于是显现出来。待到大晚,一轮明月下,走着摇晃的男人和细心的女人,男人说老赫没醉,女人说穿上外衣别着凉。月光在那时则变得格外温柔。

村民说的第四个节日是春节。这个节日在乡村除了继承着以往全部的意义,近年来则有了更多的团聚与放松的内容。这是因为如今村民几乎家家都有人在外打工,只有春节才能回来;几乎家家都有人在忙,只有春节才能舒服地歇上几天。在塞北,过去农民是走不出大山的,即使农忙季节,村头村尾也有许多闲人聚着瞎聊。这几年则不然了,了解外界的信息多了,加上有关部门还组织,许多年轻人都出去挣钱。塞北男女青年因口音圆正,北京不少大宾馆都愿意招他们当服务员。此外,即使不外出,在家里也忙得很。假如有几个大棚,或种菜或种花,又管理又销售,只要市场不休息,主人就忙得连饭都吃不消停。只有到了春节,大家都歇了,我不挣你也不挣,这才歇得心安歇得舒坦。又因为手里有钱,还盼望来年挣更多的钱,所以就把个年过得丰富多彩,年味十足。说到底,春节是一年里农民最开心的日子。

五一劳动节在农民心中的分量,也是与五一黄金周相连的。那是春暖花开的季节,亦是塞北的春播时候。由于耕作的机械化或请工(花钱请人种)的普遍化,更多的村民有时间从事其他产业。当城里踏青的人们走进乡村时,村民心里不由得就感觉到了节日的气氛。

村民说的第六个节是端午节。他说那天吃粽子并不重要,重要的是求得平安。对此老赫清楚:那日清晨人们要上山采艾蒿,并配上红纸葫芦挂在门旁,意在驱邪去病。那日用河水洗眼,眼就亮;吃鸡蛋,一年就不肚子疼……虽然这些都是民间传说,但人们都宁愿去信,并以此换来一年的好心情。如今农民最怕的已不是政策变,中央一个一个一号文件给农民吃了定心丸。农民最怕的是得病,因此,有着吉祥含义的端午节,自然是他们不可忽视的节日。

除了上面这六个节日,村民说他和村里人还想搞一个长年不断的节,那就是最近兴起了红色旅游,他们村是老区,抗日时是游击队的根据地,打过不少胜仗,有许多珍贵的遗迹和生动的故事。搞好了,游人就会长年不断,全村人都得跟着忙活。他问老赫那是不是跟天天过年一样。老赫连声说是,老赫真心祝愿农民们天天过节,天天欢乐。

梨花

　　一夜春雨后,空气变得分外清新。老赫在家待不住,就去市郊梨花沟。临近了,老赫忽然想起了陆游的诗句:"山重水复疑无路,柳暗花明又一村。"细琢磨还是有些道理的。你看从市里出来,一侧是青山一侧是河滩,等到爬上小梁,但见远方重峦叠叠近处山道弯弯,难免就以为进入了草木不歇的山中。谁料眼前一亮,才见了嫩枝绿柳鲜美野花,却就在那白如飞雪的梨花深处,闪出个诗一般的山村。老赫想就是陆放翁至此,也会停下拐杖叩门的。

　　老赫对梨花沟很熟悉。十多年前的夏天,某电影制片厂要将老赫的小说改成电影,导演和编剧要找一处景色不错但经济等条件相对较差的村子去体验生活。朋友就推荐了梨花沟。老赫先是不赞成,因为老赫知道梨花沟离市里很近,一般说来郊区都是较富的。但来到梨花沟,才发现这里与老赫的想象有着很大的距离。崎岖难行的山道,杂乱不堪的村院,还有村民们的生活状况,从哪儿看都更像远离城市的深山老峪。导演和编剧一眼就相中了,而且一下子就在那儿住了十多天。

　　而后数年间,老赫本有机会来梨花沟,尤其是想来看梨花,但一想到这里的路,就先怵头了几分。去年深秋某日,老赫在家写得腻烦了,与夫人登上公交车坐下去。车一过桥,见收割后的田地满目金黄,仔细看了,便知是乡里。想到乡政府有老朋友曾多次邀老赫来,就径直找去。此时老友不在,却结识了年轻能干的乡长,他介绍了全乡经济发展的思路,特别讲了梨花沟这几年变化很大,如今正办农家生态旅游,已引来了不少游人,而且道路也修好了。经他一说,老赫疑虑顿消,待老友赶来,便同车前往。时隔十载,旧地重游,只见水泥路面平展,山村干净整洁,农户家一派丰衣足食的气象。凭感觉便知这里有了很快的发展,村民的生活水平和生活质量有了相当大的提高。那一日在山上看罢,就在村民家吃农家饭。饭前,老赫夫人被极富特色的农家小院所吸引:干净的厕所,市里的公厕比不上;沼气池旁的猪圈里,几头肥猪滚瓜溜圆,且无臭粪污水;笼中兔儿胖,柴鸡成群走,那时还有两只小猫头鹰被喂养着。老赫问了,极能干的女主人说等养大了好放回山上。那天老赫放开量喝了,老赫想有一天把导演和编剧再找来,老赫要写个新本子让他们拍。那日分手,乡长、老友还有那家女主人,一再说来年一定要来看梨花呀。老赫连连答应,而且心中真的盼望梨花满天的日子早日到来。

　　眼下就是梨花绽开的时节。天有点阴,但浅灰的天幕,愈发显出满山梨花的雪白。站在一棵百年老树面前,梨花棉垛一般雪山一样将你的视野填满。人走进树下,就如走入白玉林中,难得从花中探出头来。据说这树能产上千斤的梨,可盛开的花瓣和即将绽开的花蕾究竟有多少,那绝对是数不清的。据村支书说,梨花沟如今有各种果树三十余万棵,而成年结果的梨树就有三万多棵。这梨树开花就在这时节,昨日还未开这么多,今天则满树挂雪了。好一个满树挂雪呀。唐代诗人岑参本来是用梨花形容北地大雪的,"忽如一夜春风来,千树万树梨花开。"意思是大西北的风雪来得很突然,大雪挂树枝,满满的,白白的,恍如梨花怒放。岑参是湖北江陵人,老赫想他的家乡定有成片的梨树,于是他对梨花齐放的样子一定记忆很深,故写起边塞的大雪,不由自主地就联想到故乡的梨花。梨花美,美在洁白无瑕;梨花美,又美在千树万树竞相绽放。梨花沟名字有梨,梨花沟内又有如此多的令人眼花缭乱的梨花,这实在是塞外又一宝地。这里没有丝毫的人工雕琢,方圆十几平方公里的山地,静静地保存着最质朴的山野原貌,梨树或长在道边,或立于庭院,或列队山边,总能让你目中不离洁白,心中常存高雅。如今能到这么一个地方走一走看一看,吸一口新鲜的空气,喝一口纯净的山泉水,对城里的人来说,实在是一种难得的享受。

看了梨花,老赫找到村长和支书,得知如今梨花沟村民一靠果树二靠蔬菜三靠建筑(建筑队),人均年收入实际已过三千。最近又大力发展农家生态旅游,往下,还要修水塘,建桃园,让更多的游人来这里,春看杏花梨花桃花满山花,夏看漫山翠绿体会风凉,秋天则请你亲手摘果,冬天亦能观看北国山村风光。听了他们的话,老赫陶醉了。午饭依旧在那位能干的女主人家,只是她做出的饭菜品种比先前多了,味道更可口。四个凉菜分别是咸鸡蛋、苣荬菜、拌柳苟、瘦肉丁;汤是热豆浆、热米汤;大菜是柴鸡炖蘑菇、排骨炖葫芦条、蒸扣肉、丸子豆泡白菜、炒柴鸡蛋,还有热浆大豆腐、捞两米饭……老赫又喝多了,当场想作诗,脑袋嗡嗡的没作成。后来他说还是赶紧享受新生活吧,就啥都不想一心吃饭喝酒了。

2006 年

辑三

我的热河趣事

木须肉

　　1970年深秋时节，我第一次从插队的小山村来到承德市（原热河省省会），住在一个小二层楼里，名叫新华饭店。在乡下时间长了，人发傻，一看可不得了啦，多大的楼呀！那次是去参加全省知青大会，在承德提前集中，学习一星期。按说这是光荣的事，但不到两天，我就想跑，原因是顿顿小米饭熬白菜。小米饭贼松，熬白菜净汤，一顿两碗，管了不管饱。似我这等壮汉，顶多是小半饱，哪如在乡下，饿了还能有个果瓜梨桃的，在这儿只能干挨着。

　　列队去电影院参加了一次地直机关的大会，坐在楼上最后一排，肚子造反，头昏昏的，仿佛坐在砍柴的山头子上，眼里瞅着台上人讲着听不明白的长篇讲话，心里就想起影院前面好像有一饭馆,于是就有了点精神,下定决心说啥也得吃点肉解解馋。学习很紧张,最后一天下午四点后才让自由活动,我立刻顺着大街去找电影院。也快到了,有几个女知青(才认识叫不出名)追上来,指着新华书店冲我说,还往哪儿走就是这儿嘛。我一下没反应过来,说怎么会是这儿。差点说出这儿不卖炒菜。她们说那不摆着嘛。我一看橱窗明白了,人家是来买新版语录的。我连忙点头说对,我先去办点事回头再来。甩开她们,我也惭愧,暗道实在对不起,这几天精神武器装备得太多了,急需配备些粮草,不然枪再好,眼花,也打不准。

我给自己解着心宽,一头钻进那家饭馆。那饭馆叫"塞北春",名字不错,临街,平房,内里丁字形,上面有天窗,厅堂有柱子。我交钱买牌,心想着《平原游击队》李向阳下馆子,就要个木须肉,三毛六。怕被熟人看见,找了个墙角坐下。因为不是吃饭的点儿,偌大的饭馆就我一人。按说还该买碗饭就着,但考虑到这几天讲的就是怎么艰苦奋斗,怎样清除资产阶级贪图享受的思想,这当口一旦叫人碰上了,那还了得。于是饭就免了,省时间。

夕阳的亮光从天窗布满灰尘的玻璃顽强地透过一些,饭桌粗糙的木板上存着久远的油垢。厅堂里静静的,随之后厨有了刀勺的声响,并有一股葱花炝锅的香味悠悠飘来……好香啊,一时间我有些迷蒙,心里也就生出点新的希冀。我知道这市里有一个避暑山庄,内中还有一条河叫热河,当年热河省就是以此冠名。我想那河应该还在吧,如果在,我应该去看一看,如果没人,则应该拜一拜,但愿我们的日子能平静下来。或许,只有平静了,才能吃饱饭,吃好饭。

木须肉热腾腾端上来,很香,可惜盘子太小(上来一桶才好)。才夹了一筷子要细细品尝,不料窗外竟传来那几个女知青的笑声,而且越来越近。天老爷,她们跑这儿来干啥!我端起盘子就跑进后厨,有人问干啥呀,我说加点盐,然后三下五除二就在那屋吃起来,转眼间风卷残云造光,她们也过去了。我放下盘子琢磨一下觉得不对劲,我说你们上错了吧,怎么光吃到鸡蛋没吃着肉呀?一位大姐打着毛衣瞥我一眼说,有肉,但得慢慢吃,狼似的,就吃不出来了。

我臊得脸通红,悄悄来到了街上。见西边有了晚霞,飞鸟归巢,口里又存余香,人便一点点高兴起来。摸摸口袋还有一毛多钱,我嗖嗖就奔了避暑山庄。花五分钱买张票,进去就找热河,可哪里找得着。秋风吹动落叶,防空洞张着大嘴,湖上已有薄冰,四下有炊烟,却无人。来一趟不容易,看远处一个高塔,我就奔去。可临近了,却被一道铁丝网拦住,欲寻个豁口钻,忽听有人大喊:"站住!干什么的?"可不得了,不远处有哨兵,端着枪,刺刀闪光。

我倒吸口凉气,扭头就跑。我既没工作证又没介绍信,这要是抓住也解释不清呀。那时我也不知道还有近路,又绕着大街回来。路过"塞北春",看里面热气腾腾,但不敢进了。回到新华饭

147

店,真不赖,还开着饭,我埋头狼吞虎咽地吞了那老两碗。吃完心想,多亏那盘木须肉呀,要不我都跑不了这么快。当时开饭有时间限制,过点儿不候。

圆桌饭

说来有点不好意思,那一次是参加全区知青"活学活用毛泽东思想讲用会",但讲的什么早不记得了,可会上吃的什么怎么吃的却记得清清楚楚。那是1972年春天,住在地区招待处,吃大白搪瓷洗脸盆盛的猪肉炖粉条子。

那是全区第一次知青讲用会。时值中央发了第26号文件,要求各地重视知青工作,关心知青生活,于是会议的伙食标准就提高了。当大洗脸盆端上来时,面对红通通的油汪汪的香喷喷的红烧肉,我们围在一桌的男知青都愣了,刚才还说笑的嘴巴都保持原形不动,眼珠子脖颈子发直,鼻孔光会往里吸,舍不得出气了。此时是阳历5月,算算吧,这伙子人若是春节后返乡,起码在乡下干三个月农活、吃一百天乡下饭了。而我过年没回城,在村里过革命化春节,倒是在社员家也吃着了肉,但那肉也是白咧咧三角块没大香味,根本无法与眼前这炖肉相比,何况也就吃过一两顿。总而言之,这些人的肚里是极缺油水的。

桌上只有这么一个大菜。愣了一阵,且旁桌已有人下手,大家便说吃吧,就抄起筷子。毕竟都是"积极分子",好多人又是初识,总得顾点脸面。盛上饭,自己的筷子就在自己的岸边下水捕捉。我的心并不紧张,动作缓慢。因为这么一盆,连肉带汤我估计少了也不下十斤。再看这桌上还有两位瘦子,想必是有两块肥肉就能把他们腻住。我准备落到后面,等他们走了,再慢慢地享受。

地招的大餐厅高大宽阔,是早先的建筑。我抬头瞅着就有些走神,心想自"文革"以来天天喊革命,也没见革出这么好的房子,要是不搞运动,恐怕天天都能吃上炖肉了吧……一旁谁用肩膀碰我一下,说你想嘛呢? 还不吃! 我赶紧低头,忽然就有点看不懂了,那一盆炖肉不见了,桌子正中变成一盆白菜炖粉条。这是啥时换的呢? 咋换得神不知鬼不觉的? 我瞅别的桌,人家还在吃肉。我愤愤不平说怎么不给咱们上肉了,就有人笑道不是上了嘛,你以为一盆都是肉呀。我脸腾地就发烧,也就明白原来炖肉只是上面一层。完啦,我太沉着了,沉着大劲了,只好吃白菜粉条了。

再开会,坐在剧场里听台上讲要怎么怎么扎根农村干一辈子,身后有俩人嘀咕说下顿饭可得找女生了。虽然就听了这么一句,但我心里明白,讲扎根那是虚的,是将来的事,而研究如何多吃几块炖肉是实的,是当下要抓紧办还要办好的事。我想起那一桌小伙子,尤其有俩瘦子,饿狼一般,最后连菜汤都喝了,看样子起码半年连荤腥味都没沾过。这等"一个战壕的战友",下顿饭说

149

啥也得跟他们分手了。

散会是排队往回走，女知青排在前面。照这样一解散，自然是女的先扎堆去围桌，把男的甩在后。这可如何是好？我个儿略高站在后边，俩瘦子跟我挨着，我心想这回完啦，看来是躲不过这俩狼了。那时走路是唱歌的，快到餐厅时，正唱"向前，向前，向前，我们的队伍向太阳"，我捅一个瘦子，他挺机灵，电影里冲锋似的一挥手，喊"向前呀！"后边的男知青浪头一般就扑过去，顿时队伍就乱成一团男女混杂了。这一顿吃到最后是这般景象：所有的圆桌都剩下三四个男的，后来又端着盆凑成几大桌。俩瘦子吃着吃着说这要是让我们房东大爷吃一顿多好，可惜带不去。这话就让许多人动情，我对瘦子也刮目相看，把眼前的几块肥肉推给他，他说中啦，再吃就没出息了。

饭后召开了紧急会，批评有些男知青不遵守纪律，踩伤了一个女知青的脚。我们都老实了，再到餐厅门口，就乖乖地落在后面。但进去一看，我的眼泪就要流下来：每桌只有四五个女知青，在向我们招手。

煤油炉

1976 年秋我从河北大学毕业，一张分配单就把我打发到市郊的"五七"干校。干校四下尽是大白菜地，碧绿一片，倒也好看，只是气味难闻,才浇过大粪。干校让我当教员,说是脑力工作者,口粮降到每月二十九斤。我对此非常有意见。当学生时口粮三十二斤。

干校有不少地,得去干活,收棒子我扛麻袋,累人,饿得快。食堂没油水,干造主食,于是粮票大亏。我去市里买能填肚子的嚼咕,但只能买到咸菜,还有煮蚕豆。有就比没有强,我买了些,又买瓶白酒(下乡时练会喝酒),晚上一个人就在教研室边看书边解馋。白天则放在书橱里,前面用经典著作挡严。那年冬天夜里还闹地震,我喝多了也不知道害怕。教研室是阳面,暖和,我就住那儿,旁人一看都认为我刻苦学习,挺好。当然我也真下功夫学了。只是蚕豆吃多了爱放屁。那年月又经常开会,不方便。

突然就买不着蚕豆了,于是就学旁人弄来个小煤油炉,煮挂面吃。后又弄个小铁锅,就能炒个菜了。这也成风,往下就发展到单身男女一人一个煤油炉,下班后满楼道都是煤油烟子,跟进了机修车间一般。当时我的拿手菜是咸肉煮黄豆。这两样东西从家里带来的,可以久存。只是吃完了口渴得厉害,喝得肚子发胀。但为了解馋解饿,也就顾不上许多了。

后来有的校领导觉得这种风气不好,批评了。但我们仍偷着做,为省油,为一顿吃光,还合伙做。尤其是煮面条,一个人那点面不好和,软了加点面,硬了加点水,加来加去就多了,一个人肯定吃不了。

教研室还有个姓何的女同志，"老五届"毕业生，大我好几岁。人家早结婚了，爱人是军人，在北京部队，何姐正抓紧往北京调。何姐很开朗，一口一个"小何"地叫我，跟叫小兄弟一样，我心里也把她当个姐，挺随便的。那年冬天有天晚上停电，天特冷，何姐约我和她一起在教研室里煮热汤面。我就点炉子（我的炉子好使）剥葱刷锅，她和面切面，然后我煮。也快煮熟了，有位岁数挺大的学员推门进来，借着蜡烛光，看去面有点生又好像见过。这位仁兄可能是才从食堂出来，对伙食不满意，见我俩煮面就有点羡慕外加嫉妒。他说：老远就闻着香味了。好啊，你们小两口的小日子过得不错呀！

　　说完他走了，你说我们这面条怎么吃。何姐显然有点不好意思了。我在乡下接受再教育练得脸皮厚点，一开始还能承受（我甚至还觉那老兄眼神太差，把我看得也太老了吧），但也不能解释，一解释何姐更磨不开了。俩人只能稀里糊涂灌了一碗就算吃完了。等到静下来，我一想可坏了，要是那家伙再跟别人一说，传来传去，传到何姐她爱人耳朵里，说不定就麻烦了。真像赵本山小品里的台词，那是军婚呀！

　　还不赖，没人传。但我也觉出使煤油炉容易惹祸。我就不再用了。再往后何姐调北京去了。我也有了对象，能隔三岔五去丈母娘家饱餐一顿。结婚几年后我爱人无意中说过这么一句话，说当初她妈曾皱眉说：这小伙子人不错，就是饭量大点。

口蹄疫

在干校吃食堂,最羡慕大师傅。每当卖完饭,他们就围在里屋吃,菜放在洗脸盆里,可劲 扴(夹),大簸箕里的馒头,随便抓。我们行吗!备课时抓过稿纸我就打报告,要求调后勤当食堂管理员(当大师傅更好)。写完了,一想自己意志也太不坚定了,若是面对一桌酒席,说不定就交出了密电码。这怎么行?赶紧就撕了。往后吃完饭就走,决不往里面瞅。要瞅瞅炉灰堆,告诫别光看贼吃肉忘了贼挨打,人家不光吃馒头,还扒炉灰呢。

意志管用是管用,但架不住天长日久总是熬白菜熬倭瓜。卫生所刘大夫瘦高,人称大刘,少了半个胃(胃溃疡动手术切了)。他是老同志,他也受不了,也馋,总念叨啥时吃一次炖肉。有一天买饭排队时,他很伤心地跟我说,损失惨重呀小何同志。我说我没丢饭票呀,别的还有啥可损失的。大刘装模作样地说不要总想着自己那二斤粮票,要想国家,要想运动。我看就到窗口了,瞎编说你不买我可买了,今天熬白菜里有肉丁。大刘立刻冲上前说我怎么没看见,不对呀,我这眼看书花,看菜里有肉没肉从来都是一点五呀(最佳视力)。到跟前一看根本没有肉丁,他很生气地说,早知道闹了口蹄疫,不如买些肉先解馋。

原来,大刘说的损失,就是乡下闹了口蹄疫,杀了埋了不少

153

猪。口蹄疫是牲畜中非常厉害的传染病,先烂口烂蹄,然后就死亡。其防范措施的要点是:宁可错杀一千,不能放过一个。不下狠心,就防止不了扩散。

这事放在今天,肯定就能下狠心。但那时下不了,一头大猪,也弄不清是不是传上了,但在疫区内,说杀就杀,杀了还得撒上石灰深埋,搁谁家都舍不得。于是社员就想方设法把猪杀了卖了。尽管关卡重重,却也有突围的。

没过两天,中午伙房肉味飘香,小黑板上写着:炖肉,二角一份。这实在让人不敢相信,二角钱连一份肉片白菜都买不来,炖肉起码在五毛,而且还只限一份,多了不卖。人们愣了一阵,但很快就弄清了,这肉是从疫区那边来的,据说这头猪没传上就宰了,至于到底传没传上,谁也不敢打保票。别看那年月缺油水,但干部们还是挺惜命的。把碗递进去说要一份熬白菜,又一份熬白菜,那红烧肉就在眼前汪着油等着,愣是没人敢招呼。大刘捅我,我明白什么意思。轮到我了,我大声说来两份炖肉。大师傅一瞅可有人买了,腾腾就掠了两大勺子,能有三份半。接着大刘要了一份,还有几个年轻的都要了。

那一顿可解了馋,吃完啥事也没有。当时我是这么想的,知道了,是闹口蹄疫;不知道,过去就是闹猪瘟。那会儿哪有埋的,不都煮了吃了。何况这破运动总没完没了地搞,搞得啥都吃不着。得解馋就解馋吧,总比饿着肚子念大批判稿强。

154

"寡妇年"

"寡妇年"本是没影的事,但有时哄哄起来也叫人犯嘀咕,闹得最厉害的是 1978 年,说来年没有春(立春),不能结婚。我们那时年龄都不小了,就计划在腊月底前办事。不然隔一年再说,就晚婚又晚婚了。

说结婚简单,但落实谈何容易。天都热了,还没搞上对象呢!跟谁结?我们一帮小光棍也真急了,跟没头苍蝇似的,东打听西试探,结果收获甚微。后来聚起来总结经验,主要是失败的教训:干校远离市区,与地直机关接触少,属于资源(未婚女青年)匮乏单位。需采取的措施是十六字方针:联合行动,统筹考虑,资源共享,老少得益。说白了很简单,就是你没相中或人家没相中你后,切莫撒手不管,而要转向介绍给其他弟兄,兴许人家能合适。

往下还就有点效果,如见面后自己拿不定主意,就请旁人当参谋,看看或许跟谁般配(这并不伤害女方,她们也找人参谋)。但实际操作中还是有问题。遇见好的,明知不成,也舍不得转给别人;本来有成的希望,却叫参谋一句话给弄黄了。总务科的小王人特热情,帮某老兄看对象。女方是工作单位也好家也好人更好,缺点就是俩门牙有点外翘。那老兄正拿不定主意,小王说太好啦太好啦,她吃西瓜不用切块,(牙)能掏进去。完啦,一句话黄了。日后改革开放科技进步，人家咣咣把俩牙敲了换俩烤瓷，整个一个白领淑女。想想真是后悔不已呀。

天凉了，也不知资源怎么共享的，反正他们都有了，都热火朝天地谈上了，可我还没影儿，我岁数又最大。我心想靠别人不如靠自己，不能傻小子干等着了。老天真帮忙，干校来了学员班，还是年轻的。俗话讲，人急了就敢干了（这叫俗话吗？）。我靠着开饭前择豆角（当年食堂一大规矩），抓紧跟女学员相识（细节闪过），愣是在学习班结束前，把某学员变成了对象。但毕竟时间短，了解不细，开介绍信时领导问在哪儿工作干什么的什么出身，我基本都不大清楚。不清楚也硬是登了记，腊月回天津就办了喜事。转年腊月，我们抱上了"小马"（那年属马）。

我运气不错，结婚后发现夫人会过日子，还有个好单位（电力局），我沾光不少。女儿健康可爱，就是到了上小学时有了麻烦，"小马"太多，学校爆满，但也挤上了。现在回想，我们这一茬人（知青出身）在那年虽然结婚结得匆忙，但毕竟从此有了个家，无论对社会还是个人，都是有益的。从这个角度看，那个"寡妇年"，也算是个"善意的谎言"吧。

2006 年

"河大"旧事

　　很多当年的"工农兵学员"忌讳谈那段往事,不愿说自己曾是被冠于那样一种称呼的学生。但我不,我不回避那段历史。自1976年从河北大学中文系走出来,一晃三十年过去了。这期间曾有各式各样能让我改变学历的班,但我一次也未参加过。当人大代表有学历一栏,组织给我填的是"大普"。后来打听"大普"是啥意思,人家说那就是特指工农兵学员。我说挺好,还专门给咱定个学历,更没必要变了。

　　1973年的秋天,在我眼里是一个充满阳光的季节。历时五载的插队生活,为我换来了读书的机会。这一年我二十三岁了。如果按正常读书的年代算,这个年龄已是大学本科毕业的时候。但此时我两手老茧一脑袋高粱花,走出塞北大山沟,看哪哪都新鲜,颇有土老帽进城的感觉。冀中平原的初秋与盛夏好像没有多大区别,乱哄哄的保定火车站外小饭馆很多,卖一种面叫钢丝面,从

157

名字就能听出那面一定很硬。我买了一碗，端到手看全是碎头儿。我问：全保定面条都归您这领导吧？售货员瞪眼：什么意思？我说：看，全是面条"头头"。对方转怒为喜，说有意思有意思，就换了一碗新面，长了，但想咬断都挺不容易。

终于成为河北大学中文系的学生。我很感慨，因为这一切实在来之不易。在此之前，1972年初我曾争取被推荐上学，最后以失败告终。本来就不想再来第二次了，但1973年的春天却传来一个谁也没想到的好消息：这年恢复高考。于是，希望之火又被点燃。我本自小功课就好，下乡后又没少被抽到县里帮助写材料，文笔也练得不错，是县里有点名气的"秀才"，只不过我是"老初二"，个别课程当初没学过。为此，劳动之余，我开始了"恶补"，常是收了工去八里地外的公社中学找人请教，后半夜才回来，天亮又要下地干活。终于到7月，全县三百多考生在热辣辣的天里连考三场，我考了个头名。河北大学中文系唯一的一个名额，让我给争来了。这期间还有许多沟坎，比如体检差一点就没过关等，在此就不提了。往下着重写的是在学校的"工农兵学员"生活。

此时河北大学用的是原河北省委的两个院，校舍破破烂烂的，全无在天津的昔日景象。入学头一天，辅导员（班主任）拿着张纸站在黑板前讲话，他外形臃肿，口齿不清，全无大学老师形象，更像县乡干部，让人疑惑不解。日后渐渐得知那位老师就是从农村来的带干生（干部带薪读书），后留校。可能是运动中坐下了毛病，不拿稿不讲话。不过，当时他讲的话还有一点内容让我心里一热。他说你们不是一般的学生，你们要上大学管大学用毛泽东思想改造大学。下来我找他，他问你有何感受。我说感受挺深一时说不出来，但眼下我的行李没到，看能不能借我条被子。他满口答应。但到了晚上，天已大黑了，宿舍的同学都要入睡了，我却还坐在上铺的草垫子上发愣。原来班主任不光感动了我一下，还戏耍了我一回。一位从邢台来的姓霜的同学递过一条褥子，这回我是真感谢了。我到操场上拣了块较干净的砖头，垫在书包下当枕头，身上盖着路过天津时从家中带来的单人蚊帐，就入睡了。我的行李走的叫"联运"，即汽车火车联运，应该说很不错，从县里（没火车）可直接运到保定。只可惜太慢，入学后将近一个月，我才盖上被子。这期间我再未找过辅导员，我发现他面对我们这一大帮人有些发蒙，我不忍再给他添麻烦。

中文系七三级只一个班，大班，八十六个人，黑压压把个大教室坐得满满的。那真是高的矮的胖的瘦的俊的丑的老的少的，年龄大小差距能有十好几岁，乡音亦有十来多种，男女各占一半。其中最显眼的是十几位穿军装的部队学员，领章帽徽绿的确良，很吸引女同学的目光。部队的学员，又都是分驻保定 38 军和其他部队的。来自 38 军的都是部队首长的子弟，名义是代培，但实际与我们一样，也是从头到尾学了三年。学员中有我和两个女的是天津知青,一个姓王的女生与我同来自承德,后一直在一个小组,较熟悉,另一女生则接触少。有意思的是,直到毕业离开学校,我们班有不少同学特别是男女之间都没有说过话。但问题表现得很明显,就是出现了严重的不团结现象。那时候社会上还打"派仗",保定是重灾区,打得省会都搬到石家庄了。可惜就这一个"派"字,终使我们三年大学生活变得关系紧张全无和睦。日后想起悔恨不已。如果不是必须经过这段磨砺才能分配工作,我半道肯定要溜之大吉,这个破学,咱不念了。

河北大学在天津时,校舍(马场道)与我家很近。物理楼的楼顶在冬季的傍晚常落下成群的乌鸦,黑压压的,景象谈不上壮观,反倒在我幼小的心灵中留下一些可怕的阴影。现在河大迁到保定,傍晚的冀中平原升起缕缕炊烟,没有乌鸦,但阴影却悄无声息地又出现了,而且整整伴随了三年。

班里分成两派的最初原因,直到今天我也没有闹清楚。本来秋天入学后,学校里的课程安排非常正规,加上老师多是从天津随学校而来的老教授老讲师,师资雄厚,讲课的水平高,同学们学习热情也很高。据知情者说,"文革"以前,天津各大学中,河北大学中文系的声望最高。我们很有幸遇到了这些从运动中苦熬过来的高级知识分子,并愿意从他们那里很好地学到些知识。记得初时学习还很紧张,上了一天课,还有晚自习。讲古典文学时,有些书只能在阅览室里看到,比如《聊斋》,只有一套,故要提前去排队。有些才开禁的外国名著,也是限时间借阅的。一本厚厚的《复活》,只容你看一天。常见星期天时,有人就躺在宿舍上铺从早看到晚,连饭都让旁人给捎回来。想想那股子学习精神,日后就再也没有见过。那时我在班上的功课应该说还是不错的,这首先得益于我小学中学在天津念书还算扎实,而大部分来自农村的同学,"文革"开始时尚未小学毕业,学的东西有限。此外我还有个理想,就是毕业后能留校当个教员。我喜爱听教师讲古代诗歌,我觉得只要备好课,我也能讲。种种原因,使我学得自觉,不费力,而且很快乐。大学生活的美好时光,似乎真实地降到了我的头上。

1974年的春节,是我一生中最愉快的时刻。原因不仅在于我插队五载终于上了大学,从此将有一个国家干部的身份和固定工作,还有另一喜事,是我的女朋友第一次随我回天津过年。需要略作解释,我在插队的最后一年,搞个对象,也是知青。她不是天津知青,是从东北来这儿投奔亲戚的。有一次,我们刚好一起被县里抽去参加巡回报告团,从县东巡到县西,结果就熟识,偷着相好了,后来瞒不住又被众人所知。这不奇怪,当时我已经不小了,而且也确有过在农村当一辈子农民的打算,故此,得找个媳妇,没媳妇哪来的家。我的对象除了个子稍矮,容貌姣好,能说能干,在女知青中也算是拔尖的人,她比我小两岁。后来我俩没成,也是对了,我属虎,她属龙,结合了也是龙虎斗,谁都不得好。不过，当时我俩确实好，就是都属虎也愿意。尤其是我，虎背熊腰的，已经到了那个年龄了。

那一年(1973年)秋天真是好运不断。我到学校后，与同宿舍的同学很快熟悉了，彼此就问可有对象。别人都说没有，但我却实话实说有，还把她的照片拿出来给大家看。其实我的对象此时还在乡下插队，前程未卜，或许我大学毕业了她还没出来呢。但我想人要讲良心，不能做无义之人。这样一来，实际上也是防止自己做出对不住她的事：班里那么多女生，也都到年龄了，不会不发生应该发生的事。

奇迹出现了。在我入学一个月左右的早晨，我才刚有被子盖并因此睡得很香，忽然有人敲门，开门一看，我愣了，是个女孩，美丽的女孩，即我的对象。这让全宿舍的人都惊讶，我则大吃一惊，问你怎么找来了。随后得到的是更大的惊喜：她也上学了，是中专，与河大只隔一道墙，站在中文系的楼顶，她的学校尽收眼底。在此借用当今年轻人用的词——我幸福得要晕过去了！

可以想象，人生最艰难的一个阶段眼看就要过去了。两三年后，我们相继毕业分配工作，结婚成家，安安稳稳过日子。如果在先前，绝对是不敢奢想的。但现在不光可以想，而且基本条件已经具备。所以，这一年寒假我带她回到天津，我的父母及所有家人，都为我们祝贺。那是自"文革"以来我们最为欢乐的一个春节。

可是,不愉快的事情还是发生了。1974年的春风尽管与往年一样,在冀中平原甚至感到初夏也许已经提前来了。然而一场政治风波却搅得许多校园学子心里发凉。"批林批孔、反击右倾翻案风"是那次运动的名称。学校很快就不能正常上课了。我和两个同学分到的任务是写批《三字经》文章。很可笑,偌大个大学图书馆竟找不到一本《三字经》。没办法,只好找位老教授一句一句地背诵,我们记录,再听他讲解。有意思的是,本意是写批判文章,但听下来,我们却觉得人家《三字经》的一些内容写得很精彩,还富有道德伦理。年轻人记忆好,我很快就能背诵个差不多,批判文章则写到爪哇国去了。好在运动时一天一个令,过了一阵有了新精神,任务就不了了之。

班里本来就有矛盾,运动一来就分了两派。可笑的是,两派的领头人都是中国人民解放军。38军自然是一拨儿,而其他部队又是一拨儿。地方学员也分两拨儿,较多数跟着后一拨儿。究竟是因为什么闹起又为何闹到这种地步,我到今天也不甚清楚。当然,我也不想弄清楚。因为我上学的目的简单明了,就是将来能有个工作。在学校里为啥事争个高低,对我没有一点意义。开始,我是散兵游勇。我这人跟谁都能合得来,没有跟谁特别好跟谁又不好的习惯。随大溜也行,一个人也行。暗地里呛呛的事,人家也不跟我说,我也不爱打听。同时,我自己挺忙,课余除了打球看书,我还有个对象呢,怎么也得会一会逛街逛商店啥的。后

163

来待到发觉身边的环境有点可怕时,班里矛盾已经大到就差动手武斗了。

想彻底回避很难做到。我爱打排球,还成为河北大学校队的二传,参加保定大专院校的比赛,还得了冠军。而38军学员中的几个人也爱打排球,我们关系不错。于是在众人的眼里,我就成了他们那一派的。对此我也不在乎,爱哪派是哪派。按说这一派日后因有工宣队支持,毕业后分配得都不错,除了留校,就是分到省会一些大单位。实话实讲,论功课成绩和当时特别看重的写作能力,我在班里是名列前茅的,毕竟我在乡下那些年里,一直是报社的通讯员,还在文化馆搞过文学创作。"学员上讲台"讲古代诗歌时,班里也选的我。但我最终是哪儿来哪儿去,又回了我插队的承德地区。不错的是没分我回县,而是分到地直单位。为何会得到这点"优惠",我还是知道的。临毕业的头年冬天,我们到基层搞"实践",在一个县报道组写稿。随我们小组同去的有一位年轻男教师。他喜欢搞创作,我也喜欢,比较谈得来。回来后他就在系里负了责任,待到承德组织部门来学校了解毕业生情况,是他做的介绍。我敢肯定他为我说了好话。他是个好人,河北大学八十年校庆时我去了,与那位老师见了面,一晃分别二十余年,我们都见老了。

2000年3月,我来京参加第九届全国人大第三次会议,这期间与几位同学相聚,这时大家早已冰释前嫌。大概喝得高兴了,说起往事,有人说我你那时是立场最不坚定的,所以分配时根本没打你这一份,还说了些具体的事。我愕然,已全不记得,但也不后悔。我回到山沟里说来也是福分,这里没有繁华,缺少舒适,却有生活的磨砺以及与乡村的接触,由此我走上了写作的道路,并成为当今写乡土文学的代表作家之一。曾有同学说当初谁也想不到全班最出名的会是你。我笑道我容易吗?你们在大城市住楼房逛商场时,我正钻山沟里跋山涉水呢。这不是假话,我回承德后在地区工作,经常下乡,全区二百多个乡镇,我差不多跑了个遍。我还要驻村里当工作组一员,吃派饭一吃小半年。

话说回来。学校的生活没有了平静,更没有诗意。在餐厅吃饭时,都是一团一伙的。还好,我和两拨人马都能有些来往。但对有些人却做不到,端着饭碗不知凑到哪一堆去。于是,大家就盼着外出搞"实践",离开校园。当时我们主要去各地级报社,一个组去一个地方。也怪了,一旦分散开,同学之间的关系就好处了。我先后去过廊坊日报社、沧州日报社,还在石家庄藁城县宣传部和秦皇岛港实习过。每次都要去一两个月,很锻炼人。

不过,好事难成双,祸却不单行。1974年的初秋则变成了我的滑铁卢。两件事把我冲得晕头转向,一是到了暑期,我的对象说什么也不去我家了。对此我没有多想,总觉得我们是患难之交,彼此关系不会出差头了。我父亲那时身体很不好,运动把他整得重病缠身。我回家光顾照顾他,9月1日开学,前一天临走,父亲卧病在床,吃力地跟我招了招手,我是强忍着眼泪离开家的。事情就出在我到校的第二天,班里一位唐山籍的女同学找到我,告诉了一个惊人的消息:我的对象已经变成了别人的对象。我不敢相信。她讲了她所看到的一切。暑期她去她姑家(也许是姨家)串门,她姑说同院谁谁家的学生带回一个很漂亮的对象。出于好奇,也由于邻居比较方便,她就有机会看见了那个女的。令她吃惊的是,她见过这个女孩,而且很肯定地说这是我们班一个姓何的同学的对象,以前多次见她去男生宿舍,他俩关系在班上已经公开,咋一转眼变成另一个人的对象。她姑说没准你看错了,兴许长得相似。她就让她姑去打听那女孩姓名,一听果然就是我的对象。而那个男学生,与她是同班同学,好像是班长。

唐山这位女同学太好了,她不忍心我蒙在鼓里,仗义执言,同时又嘱咐我要谨慎从事。我万分感谢这个好心人。待到唐山大地震时,我尤其替她担心,但愿老天爷保佑她平安无事。果然,她丝毫无损地出现在校园,还是一副热心肠。话说回来,我就是心再大,也不能受这种气呀!此时我若到她的学校闹一场,结果很清楚,那所中专学校严禁学生搞对象,她和那位班长,有可能被开除,因为这其实还有个道德的问题。

但我的恻隐之心却不知怎么就冒出来。不管怎么说,大家能出来读书,不容易啊。凡事还是不要做绝,能饶人处且饶人吧。或许,她会说这是一场误会,或许,她会求我原谅。我是抱着这种希望和她见面的。但事情与我期待的大相径庭,她说她一直在家里哪儿也没去。没办法我只好把真相点破,她终于说了,她已跟别人好了,不想跟我再处下去。

我看出她说的话很坚决,好像早有思想准备。按说当时我该急,你跟别人好也可以,问题是你得先把与我这一段结束了再谈,脚踩两只船,这算怎么档子事!不过,我也很奇怪,我当时怎么能那么冷静。我说那好吧,既然如此,咱俩分手吧。好好念书,放心,我不会去你们学校反映的。然后,我们真的就各奔了东西。说老实话,这事她把我坑得够呛,让同学笑话不说,大家都知道我有对象,印象老深了,往下我都没法和哪位女同学表示一点心意。在人家眼里,我好像就是过来人。事实摆在那儿,我是毕业两年后才搞上对象的,我可是没有一点对不起她的地方。

打击接踵而来,我才给家里写了信,9月12日就接到电报,13日下午赶到家,弥留中的父亲见到我嗯了一声,就咽了气。我泪如雨下,觉得对不住他,他在病中看了信,肯定心情不好,加重了病情终撒手人寰。办了丧事,老母一人也无力支撑日子,只好去女儿家住。待到我胳膊戴着黑纱离津返校时,面对滔滔海河水,我不由长叹一声,唉,真乃家破人亡也!

但学生生活还要继续。我需深藏内心的伤痛,装作若无其事地去面对未来的一切。在这时,就显出一个人的先天秉性及后天磨炼的结果了。我从小心大,不爱计较小事,日后便养成拿得起

167

放得下的性格。再有就是自十六岁赶上"文革",随着家庭饱经风雨,后又下乡苦熬数年,练就了坦然面对艰难与打击的素养。过去有老话讲"杀父之仇,夺妻之恨",这两样是最不能容忍的。这会儿我虽然没全摊上,也算摊上十之七八。我父身体原先很好,如果不是被运动折腾,他绝对死不了那么早;我的对象虽然还不能正式称妻,可她是我那时未来妻子的唯一候选人,没有差额。我去过她学校,那位班长不可能不知道人家早已名花有主,他若不发动疯狂进攻,我想我那对象也不会主动移情别恋,毕竟我还是个大学生,身高一米七六,能写文章,能使犁杖,唱得歌曲样板戏,游泳滑冰全在行。有一阵我都奇怪,我怎么啦?就算是我的家庭情景此时不理想,可"买猪不买圈",毕业以后肯定也回不了天津呀,你受不着啥影响呀……

若是心眼小的,说不定就得说出点啥"反动言论",或者把那个情敌捅个眼。但我都不干。我从小不光看书,还爱到书馆听书。你看那说书的一拍惊堂木,叫一声"各位呀,大丈夫在世,难免妻不贤子不孝啊……"

这对我很有用,我认了,认命了。我去廊坊日报社实习,去大厂县,写"文革"给人民公社带来的新变化,我一点兴趣也没有。吃馅饼,我来了兴趣,不光吃,还要看是咋做的。馅儿是羊肉韭菜,搅拌好团成一个大球。用一团软面,一点点捧着向上包,包严了,再用擀面杖轻擀,擀成薄饼状,用大铁铛小火煎,煎得两面金黄,切成长三角端上,皮薄如纸,馅如碧玉,香气扑鼻,口水直流(忍住了)。吃罢问师傅街上怎么买不着,答"文革"前有的是,现在没肉,也就没馅饼了。我心说这事闹的,敢情新变化就是把肉变没了。但嘴上不敢说,道了谢就走,回到招待所,顿顿熬白菜,更想馅饼不想文章了。

到涿县农村搞"批林批孔",人家社员问孔老二得罪谁了,我们说他肯定是得罪了大官,要不也不能批他。天冷,大队部里有炉子,没烟囱,没把孔老二批倒,把我们差点熏倒。组长是女同学,邯郸人,吃药说成"吃月",脚疼叫"撅疼"。她人好,就是慢性子,还爱说。吃派饭进屋就与人家唠磕,吃着还唠,我们吃完接着听她唠。有一天我们合计好,进屋上炕就吃,吃完放下钱和粮票就走。没法子,她喝了口粥也跟出来。连着两顿下来,再进屋她一句话也不说,满嘴都是饭。

好像是1975年冬天,在藁城县委宣传部报道组写稿,常跟组长老杨一起下乡。写出稿子,有时是我一个人,有时和老杨一起去石家庄日报和河北日报送稿,到那儿不行就现改。我挺适合干那活儿,我见生人不胆怯。挤火车、汽车也算是高手。有一次从石家庄回藁城,火车站排的队能有二里地长,到前头看看咋回事,戴红袖箍的就推搡。我本来要回去排队,可一见那红袖箍就来气,我就势抓住他说坏了你扭了我的脚,又掏出信封说你误了我的事。信封有红字,什么什么革委会,他就发蒙了,先让我进站,

169

又要找地方让我歇。这时火车来了,我说好啦不歇了,嗖地就跑去抢座。

由于每学期都有外出实践,就让人有个呼吸新鲜空气的机会。我的经济条件还算可以,学校给生活费,五个姐姐都工作,就一个老弟弟,谁都舍得给,集中到我一个人身上,就不显手头紧。我那时会喝酒,烟也抽点(都是在乡下练的),遇见机会,也爱醉一把。那次跟老杨去石家庄日报社,住下后在院里转悠,就见一些青年女工端着脸盆披散着头发从浴室出来。及近,看见个个粉面桃花艳丽无比,就勾起心事默默无语。眼瞅就要毕业了,我都虚岁二十六了,却连个对象也没有。老杨精,说老何(我面老)你毕业到我这儿来吧,比回承德山沟子强。我说那当然好,不过,我得有个理由呀。老杨说我给你介绍个对象,就有理由了。这一说正中我下怀,我嘴里说不忙,晚上却忙着请老杨下馆子,吃扒鸡(石家庄有家扒鸡店,得提前排队买,特别好吃),吃包子,喝啤酒。啤酒冰牙,也亏了年轻火力壮,放现在非拉稀不可。老杨酒足饭饱,拍着胸脯说包在我身上,县剧团女主角演黛诺的,是我家亲戚,回去你先看她的戏。

剧团的演员哪有长得差的,何况还是主演。我就去看,说老实话,唱啥都没顾上听,光顾看了,那不是一般的漂亮,而是相当漂亮。但也就是因为太年轻漂亮了,反倒让我起了疑心:这么漂亮的女孩还能芳花待主? 不可能,绝对不可能。过两天我又去看戏，这回踩着锣鼓点上来的黛诺变了，个儿矮了，岁数也大了，肯定比我大不少，不是先前那了。支棱着耳朵听旁边人讲，这个唱得好是 A 角，那个长得好是 B 角。我本来也没意思听戏，悄悄就出来了。我估计老杨说的肯定是 A 角，他准觉得我个儿大面老、A 角个儿小面嫩，两下一将就，就能将就出五六岁的差距。我心说我也不是找不着媳妇，没必要一上来就找个抱两块"金砖"（老话讲女大三，抱金砖）的。后来一忙活，这事也就不提了。

春去夏来，忽然就闹起"哪儿来哪儿去"的革命举动。还有人（不是我班的）慷慨激昂发言要回农村当农民，不要工作了。大会后还开小会，人人表态。这回我们班观点基本一致，都不吭声。我是比谁都怕这一手，人家回农村好歹都有家呀（同学多数都来自农村），我回去啥都没了，等于二次插队。我就私下说，要知道哪儿来哪儿去，还不如当初不来呢，白搭多少工分呀。这么一煽乎（别人也煽乎）挺有作用，这个"革命举动"在我班没动起来。

终于暑假了，要熬出头了，回天津是 7 月 24 日，几天以后，就唐山大地震了，在防震棚里住了一个多月。9 月中旬回到学校，操场上全是防震棚，住在里面等待，棚外空地，就见各系毕业班男女同学匆匆"摊牌"，即时间有限，彼此有没有意思抓紧讲明，不成再碰下一位。可惜我们这么大一个班，"摊牌"的表演几乎看不见。后来听说有，都是秘密进行的，而且成功的极少。天津姓王的女知青倒来找我了，但跟那事无关。我俩一个组，经常一起回津返

171

校,有人还以为我俩有戏。其实我早就知道她和我班一个部队学员搞上了。但她找我干什么呢?她很为难地说你还记得咱俩上次一起从天津回来买车票吗?哎哟!我这才想起,那次到了车站,她看东西我排队买票,是她拿的钱。天津到保定,6.10元。事后我就给忘了。我赶紧还钱,连连道歉。从那以后,但凡有别人垫钱(一般也不让垫),我都立刻就还,免得忘了让人家为难。

我和她都不想回承德,商量着往廊坊分,廊坊离天津近。家里还托了人,管分配的工宣队的领导说你等等,有名额就给你。按当时的政策,如果有廊坊的学生去承德,承德就可以换过去一个。怎么就那么巧,电子系一个廊坊女生跟承德男生搞了对象要去承德,真的就有一个名额。但这事需要拿到毕业生分配通知单以后再操作。我记得很清楚,我和王同学一起拿了通知单,到院里她看了一眼就哭了,上面写的是到围场县组织部报到。而我的是到承德地委组织部报到。很显然,我分得比她好,我分到地直,她分回了曾插队的县。

一时间,一股血涌上来。在此之前,我俩都知道廊坊有一个名额。我说:我回承德了,你等着去廊坊吧。

行李早就装好,雇车拉到车站。告别了同学,又看看热气滚滚中的保定府,我心里暗叫一声再见了,我的河大,再见了,我的工农兵学员生活。说完又想不对,怎么叫再见呢?难道还想真的"再"见一次?不可能,我也不想见。那该怎么说呢?白学了三年

172

汉语,竟找不出个合适的词。在倒北去的车,连夜北上,夜风呼呼刮进车厢,望着窗外黑黑的大山,我忽然乐了,想起来了,应该是,塞北啊,我他妈的又回来了。

2016 年 8 月

庙前"耕读"往事

　　热河城北外八庙中有座普宁寺,内有大佛又称大佛寺。1976年秋,我背着行李,手持介绍信问路到寺前,老喇嘛说现今不收出家人。我苦笑,方知面南不出十数步,才是我的工作单位——承德地区"五七"干校。上班第一天,发镰刀一把进沟里收秋,晚上归来住防震棚(只有顶棚),床下的白菜还未长成。同年毕业分来的学生多感失意。我还行,五载插队三年寒窗,知道世事难料要随遇而安。何况,在光线昏暗的老楼内,我发现了"宝藏"——原热河省委党校图书馆的藏书,现封存于干校图书室书库。

　　书库,在一楼不见阳光的深处,三间大屋门窗紧闭玻璃糊严。管理员老大姐整日在阅览室守着有数的几本红书、杂志,身后挂在墙上的库房钥匙锈迹斑斑。初来乍到,孤身一人,小小教员,想进书库,势比开山。还好,机会忽至:老大姐搬家,我拣大件扛;储冬煤,我拣大块搬;买白菜,我拣大捆抱。久而久之,老大姐感动,说你年龄不小着急搞对象不？我说搞对象不急，急的是进库房一看。老大姐为难却也答应，星期天早饭后，楼内无人，她开锁，我进入，她在外锁上回家，我在内中"潜伏"。

库房内霉气浓烈阴气森森，书架压得东倒西歪，一旁书刊堆积如山高及房顶。借着窗缝射进的光线，我匆匆翻阅。天呀！全是难得一见的"文革"前的图书和杂志，其中不乏中外名著。想想这些年一个人漂泊在外，前景迷茫，心意彷徨，喧闹之余，偶然得一两本被运动禁了的书，如获至宝，偷偷读了，品味内中故事、人物、事理，深受启迪，比起时兴的满篇豪言壮语的书，不知强过多少。而今我有幸身临书山，莫非天意！真比坐在金山银山里还要高兴！

楼道里老大姐干咳两声，那是让我出来的信号。我满头灰尘，恋恋不舍。人到院里，日头过午。老大姐道歉说一忙忘了，我说不如忘到天黑。往下的难题是，即便能将书拿出来，又去何处读？毕竟大学毕业分配我到这里马列教研室当教员，读经典看四卷没人说什么，可忽然间你捧一本《东周列国志》，再夹一本《红与黑》，你想干啥？你的心是红是黑？干校生活会上从来刺刀见红，绝对会毫不留情地质问你。

天转凉，地蒙霜。再住防震棚受不了，才搬进楼内。宿舍紧张，老楼书库旁有一大室，空荡荡有几个大水池，镶着白瓷砖，不知是开玩笑还是真的，说这池曾为医学院浸放尸体所用。内套一

175

小屋,有点恐怖,谁也不愿住。我说我失眠会影响旁人,我去。于是我就住了单间,而且有两道门,相当隐蔽,我暗喜。

第一次偷着拿回宿舍的,是1950年至1957年的《新观察》合订本,一大摞。多亏离得近,几步就到。《新观察》内容丰富,涉及政治、经济、文化、教育、艺术等各个领域,非常耐看。其中文艺栏目有连载小说,裕容龄的《清宫琐记》格外引人。这部作品,即便"文革"前也难看到。随文附有大量的照片,如慈禧扮观音等,都是容龄拍照的。此外,还有许多史学研究、时事杂评、地方风貌、民生调查,我都看得津津有味。随后我又拿回很多书刊,其中有许多内部发行的十六开黄皮简本《文史资料》,既有我党我军领导人,又有众多民国名人、国民党高级将领的回忆录,实为难得一见。

在读书之前还有些事要做:窗户关严,下部用报纸糊上(没有窗帘);把电灯拉低,用硬纸做一罩,免得灯光扩散。倒一杯水,有半个馒头最好,然后就俯下疲惫的身子(抡了一天大镐,学大寨,治山沟)读起来。1976年的漫漫冬夜,我就是这样过来的。那个冬天夜读,令我受益极大。中国悠久历史和众多历史人物,看来并非像运动以来评判得那么简单。我们自以为了不起,殊不知隔断了历史隔绝于世界,剩下更多的只能是愚昧与狂妄。这种状况,应该结束了……

形势发展很快,"干校"已成强弩之末,学员班减少,然山地依

176

旧在，干校员工就成了地里的长工。我虎背"狼"腰，属头等劳动力，可二十九斤的口粮定量，清汤寡水，夜读常常变成"饿读"，绝非戏说。热河城里，举目无亲；天津家中，老父丧命于运动中，老母等人尚未从惊慌中脱身。思想往事，难以开怀；举目前望：家庭出身、本人政治面貌、搞对象、成家……一片茫然。干校没有后墙，抬脚就到大佛寺，与把门的熟识，五分钱门票也不用。面对大乘之阁四字匾额"鸿麻普荫"，想唐僧西天取大乘经普度众生，如建宏屋大厦为世人遮阴纳凉。其间历尽艰辛，然心中有奠基之物——经卷，便意志不摧。我欲砥砺前行，亦需有"经卷"奠基，这"经卷"就是书籍。

肚里可少食，手中必有书。十一届三中全会后，书库开封，我尽情阅览，方法一是"粗读快览"，建书目索引于心；二是"精读细研"，与工作与喜爱相铺。成家之后住家属院，后窗正对大佛寺。看寺庙大佛重整殿宇再塑金身，我亦于陋室中寻准方向，开始小说创作。前期的阅读对我的帮助很大，尽管提起笔写小说我已年过三十，属大龄文学青年，但很快我的作品就能发表了。

后来党校有人进图书馆，出来说发现一秘密：差不多所有图书的借书卡片上，都有老何的名字，许多卡上，就他一个人名。

2014 年 10 月

我在1978年前后

承德外八庙的普宁寺旁有一条沙土路,前方不远处的山叫松树梁。1976年10月党中央一举粉碎"四人帮",消息传来时,我正在松树梁沟里的坡地上收棒子。准确地讲,我是扛棒子的,一麻袋一麻袋地从地里扛到路边,再装车拉回位于大佛寺前的承德地区"五七"干校。那天,我扛得很欢实,来回一溜儿小跑。

午饭在食堂,我要了个肉菜,并破天荒地造下八两大米饭。有人提醒我:"超标了。"我大口吞咽着,呜呜地说:"这回好了,面包会有的,牛奶也会有的,一切都会好起来……"这是电影《列宁在一九一八》里的台词。

我是1976年暑期从河北大学中文系毕业的,工农兵学员。因当初是从承德地区上学的,而承德是贫困地区,要求送出去的学生必须回来,所以读书三年在保定,眼瞅着距天津近了一步,却一竿子又被打回塞北,再分配到地区"五七"干校当教员。当教员也得干活，干活我不怕，但我怕口粮不够吃：我每月定量二十九斤，单身汉，吃食堂，没油水，越吃肚子越没底。因此，我必须严格按照早晚各三两、中午四两的标准去吃，才能确保后半月每天能按时进食堂。

但那天我放开了肚子美美地吃了一顿，原因是我有了一种预感，期盼已久的"春天"，可能就要到来了吗？但必须说明，那只是一种在内心期盼又不敢盼的期盼："文革"十年，"斗批改"口号喊得震天响，最终变成多少人回家"逗孩子、劈柴火、改善生活"。预想与结果完全脱节，稍有头脑的人都会觉出这十年折腾有些问题，即便如此，有朝一日能把"文革"翻个个儿，在当时还是不敢想。

普宁寺内的大乘之阁，有一尊当今世界上最大的金漆木雕佛像——千手千眼观世音菩萨，因此又称大佛寺。大乘之阁门额上的蓝底金字匾，为清乾隆皇帝所书，四个大字是"鸿庥普荫"。意为佛法如宏大的树荫，庇护普天之下的芸芸众生。我曾多次站在"鸿庥普荫"下，心中暗暗祈祷，但愿国泰民安的日子早早到来。

这年我已经二十六岁了，当务之急，是搞对象成家。在外人看来，这对我并非难事：身高一米七六，体重一百二十四斤，宽膀细腰，要文能写文章上讲台毛笔字能写楷隶行草，要武会洗衣服做饭套炉子搭灶台，论模样，同事母亲看了黑白电视《新闻联播》，说那小何老师跟赵忠祥一个样儿……不是老王卖瓜自卖自夸，二十多岁的小伙风华正茂，还是有点骄傲本钱的。

不过，这点本钱很快就在严酷的现实面前碰了南墙，输得精光——大约整整一个1977年，从春到秋，马不停蹄，披星戴月，谈了不下十来个对象，几乎都因为我的家庭情况和本人不是党员而败下情阵，铩羽而归。

版本大都相同：经人介绍见面，看得上眼、谈得来就往下再谈，双方有了感觉后，或者是女方本人，或者是家长介入，问你是什么出身，你父亲在"文革"中是怎么死的，你怎么不是党员？

不用多了，就这三个问题，人家就高悬免谈牌说拜拜了。其实我家事情并不复杂，也能解释清楚，但那时哪个女孩、谁家父母，不想找一个根红苗正的？对此，我也是完全理解的，一点也不怪人家。

眼睁睁看着身边比我岁数还小的男同事都有了女朋友，唯独我只听锣响不见人来，心中好生着急，但也只能安慰自己——好事多磨，失败了还可以再重谈，相信总有谈成的那一天。

闲言少叙，隐私不言。功夫不负苦心人，初冬，我终于遇见了一位不在乎上述三点，并自己能做主的女士，而我也不问她家的情况。我们只谈现实，不谈历史，只谈前景，不谈身份，于是就成了一家人，她，就是与我相濡以沫几十年的老伴。然而，话说得容易，其中的沟沟坎坎则多了去了……

当时在机关单位，有一条不成文的规定：男女青年交朋友，要结婚,不光党员,就是一般干事,也得向领导(组织)汇报。领导同意,才可以往下进行,不同意就得散。其中的红线,就是对方家庭出身(成分),以及父母有无历史和现实问题,等等。

关键的 1978 年到了。

年初,我决定要在春节前结婚。开介绍信,领导一愣:"你要结婚? 怎么不提前汇报! 女方家什么情况?"

我还是有咱天津人个性的,说:"咱们是'五七'干校,除了种地就是养猪,有那个必要吗?"

领导不爱听,说:"种地养猪怎么啦? 这是规定,必须遵守。"

我知道只要一走程序,肯定不行,心一横说:"我又不是党员,也没人告诉我啊。"

领导说:"那你以后还当教员不?"

我说:"如果不适合,可以不当。"

这些话放在先前,打死我也不敢说。此时,不可阻挡的解放思想、实事求是的时代潮流,让我胆子大了些。当然我也清楚,即便不当教员,也丢不了饭碗,最不济就是种地,我也不是没种过。关键是不能去审查,女方家有点房产。

但事情也怪了,没过两天,就有人把信开给了我。登记、结婚,从此我有了一个家。后来听说,我结婚的事汇报到校领导那里,班子正开会,有人说挺大岁数好不容易搞个对象,成全了吧;有人说他不是党员,干校可能要恢复为党校,到时他也没资格当教员了;还有人说过了年就调他去生产科,也省得他在课堂上跑题乱讲。

春节过后,关于是不是将我调出教研室,上面有了分歧。两年前一同分配来的十个学生,几乎都进教研室走了一遭,有的半年,有的俩月,或者一试不适合当教员,或者自己要求走,到最后就只剩下我一个。一致公认的是,此人是个难得的教员材料。有实例为证,包括外出学习、临时借出去帮忙,甚至农业学大寨工作队,别人不愿意去,我主动要求去都不让去,一直拿我当教学骨干使。所以有人主张再观察一段,不急着调出。往下,形势变化很快,有的领导就觉出我的一些所谓“乱讲”,恰恰是对长期以来某些“左”的理论和做法的不满,于是就改变了看法:这个人不仅不能调出去,还要重点培养。可是,这里有一个不可回避的难点:我不是党员,看不了红头文件。

要说我是十分要求进步的:在乡下加入了共青团,还是团干部。参加工作后,无论是想着为解放全人类奋斗终生,还是在马列主义教研室当教员本身需要是党员,还是搞对象时因不是党员受过刺激,总之,我入党心情之迫切,绝对非一般上进青年可比。

然而我又有难言之隐,我父亲从小学徒当的是店员,解放前一直经商,“文革”中就为这把他折腾得患病去世。不搞外调尚好,一外调反而添麻烦。可事到如今,也顾不上许多了,我得继续要求进步。

外调的回来了,结果超出我的预料,我不但没进步,反倒连入党积极分子的人选也不是了。我很苦恼,找到党小组长,说不是重在个人表现吗?他倒也实话实说:话是那么讲,但自"文革"以来都这么着,认倒霉吧。

赶上这不讲理的事,不认也得认!入夏,又有新班开课,讲唯物论、辩证法,我想了又想,事物都是发展的,凭什么就把这套理论和做法当成宝典捧着不变?加之家里日子不好过,情急之下我去找校长,说:"我看不了红头文件,这教员我不当了。调我去总务处,最好是去当伙房管理员,起码能往饱了吃……"

校长当时就拉抽屉拿出十斤粮票:"你不够吃说话,多好的小伙,放心吧,组织问题,我们已有新的考虑,会抓紧解决的。咱们是党委,有发展党员的权力。"

说到这份上,我不能再说别的,粮票不要,继续认真教课。到了8月份,万万没想到,组织问题解决了。我很激动,平静下来想:我还是先前的我,怎么说不行就不行,说行就行了呢……

第一次参加党小组会,让新党员发言,我诚心诚意地说:"我觉得我与党员标准还有很大差距,这次能被通过,主要是因为工作需要……"

往下我还有话呢,但不能说下去了,所有的人大眼小眼一齐瞪我。小组长立刻让别人发言,把气氛缓和下来。会后,他急赤白脸地跟我说:"你、你怎么能这么说?"我说:"那我该怎么说?"

他说:"你只要说些感谢组织、感谢领导、感谢同志的套话就行了。"我说:"我说的都是实话。"他说:"这么多年了,就没见一个像你这样的,有些场合是不能讲实话的!"

不管怎么说,我终于走进组织的怀抱中。发了工资,第一件事就是交党费,就在我所在的教研室大屋,很多人在交,我没交过,又兴奋又紧张。兴奋的是过去人家交党费时,我得知趣地避开,现在终于不用了;紧张的是,不知道交多少钱。轮到我,组织委员说:"你交一毛钱。"

我从工资袋里往外掏,嘴里磨叨,噢,一毛钱。偏偏此时有谁问:"你第一次交党费,不说点什么?"一下子把我弄紧张了,本来挺利索的嘴,突然变成棉裤腰,说:"一、一毛钱,比团费贵啊……"

完啦,屋里顿时鸦雀无声,大家都瞅我。我说:"我可不是嫌贵,团费是交五分……

党小组长立刻单独找我谈话,问为什么心疼那五分钱,让我挖思想根源。我说我真不是心疼那五分钱,是说走嘴了,要不我把这一个月工资都交了,表表忠心。我真的去交,没找着人。中午回家,爱人怀孕了,说你发工资了,咱炖点肉吃吧。我说正要跟你商量,我想把这个月的工资都交了,媳妇说,最好把你自己也交了。

谢天谢地,此事没人深究。我知道自己还在预备期,一年后才转正,必须小心翼翼、如履薄冰才行。一段时间相安无事,秋去冬来,12月中下旬,党的十一届三中全会召开,全党工作着重点转移到社会主义现代化建设上来。这是大事,更是我们理论教员关心的头等要事。那时的大教研室,一个大屋十几个人,白天上课,晚上备课,又多聊时事,各抒己见。有的人赞成,有的人则认为还得以阶级斗争为纲,纲举才能目张,等等。看人家说得欢,却不对我的心思,我忍不住说:"纲举了这么多年,只见百分之五的队伍在壮大,三十来斤粮食定量可没见增加。"立刻遭到反驳:"是抓阶级敌人重要,还是抓粮食重要?"我说:"月月都见你去粮店买粮,啥时见过被专政的人到你家搞破坏?"

这就不仅是话不投机了,往下,也就无法在一起聊什么了。我也知趣,索性晚上待在家里。况且,女儿出生了,我要伺候月子。北风呼啸,屋里的墙上布满冰霜。清晨起来,外屋的水缸结了一层冰。正月里,女儿满月,爱人带孩子住到娘家,我看家中连把椅子都没有,就找点旧木头学着打了一对简易沙发。住在家属院,我也没背人,还傻乎乎叫人来看看我的手艺。不料,开党小组生活会,有人就提出批评,说你晚上不来备课,却在家搞安乐窝。紧接着就有人抖老账,说你结婚回来竟然穿一件新呢子上衣,这是丢掉了艰苦奋斗的作风。还有好几件事,如哪天哪天你私下跟谁说过,总这么年年讲月月讲天天讲是不是搞得太紧张了,你还曾抄录鲁迅"躲进小楼成一统,管他春夏与秋冬"诗句,贴在单身宿舍墙上,等等,这都是什么意思? 我的天呀! 这都是哪年哪月

185

的事了？人家都给我记着账呢！

我据理力争，敢说不了，是十一届三中全会为我壮了胆，倒使总盯着我的人也没了办法。春暖花开，大佛寺游人渐多，个人开始做生意，我家后窗下就有拉骆驼照相的，小饭馆也如雨后春笋般接二连三冒出来，农贸市场可以买到鱼呀肉呀，人们脸上也多了笑容。面对生活的变化，我欢欣鼓舞，回天津探亲时在百货大楼，花一个月工资买了个半导体。星期天在小院里烧灶做饭，逗女儿笑，听于淑珍唱"清清的花溪水，绕村向东流……"旁人见了，说生个姑娘就这么高兴，要是生个小子，还不得美出鼻涕泡儿来！我说明年我就冒鼻涕泡儿！

女儿三个月时，学校开大会讲现在提倡只生一个。我是家中唯一的男孩，又生了女孩，还想再要一个，就没报名。过些时，全校开表扬会，奖励报名的每人一个大床单、一把暖水壶，只我一个人没有。领导找我谈话，问你怎么不报名？我说不是只提倡没说必须吗？领导说你怎么还犟死理呢，提倡就是必须，否则，你就别想按时转正。胳膊拧不过大腿，我没了办法，只好去报名，然后去领床单、暖壶，人家却说已经没有了。

几件事会合起来，我感觉不妙，到了一年头上，果然没人提转正一事。我也不敢去问，干等着吧。直到冬天，有个晚上我正在家写小说，党小组长找来告诉说你转正了。没等我说啥，他说今天咱不说套话，先去我家帮我一下，沙发扶手的卯榫，我不知怎么

186

交代。我一听急了，说先前批我搞安乐窝，如今你们怎么也搞起来了。他笑道，这不是思想解放了吗！我还能说什么，只能笑了说好。

一轮明月下，家属院内一片欢声笑语——拆土炕换软床的，安装土暖气的，打沙发立柜的，买了黑白电视机看《加里森敢死队》的，连房后庙寺飞檐悬铃都叮当欢响，分明是告诉人们：人们心里的春天，已经乘着浩荡东风真的来了！

自打与人争论后，我开始利用业余时间写小说了。因编辑部退稿退到收发室被发现，就引来教研室一位负责人的批评，认为我是不务正业，并讥笑说小说可不是谁想写就能写出来的。而我当时也确实屡投不中很是苦恼。一天，我的插队老同学从县里来地区开会，我们见了面。他在县城小学当老师，与村里联系密切，他说了村里发生的很多新鲜事，我很受启发——生活是创作的源泉，我不能闭门造车，应该走出校园，深入到火热的农村改革开放大潮中去。

转眼到了1982年，在一位新来校长的帮助下，我调到地委宣传部，原有的两间平房一个小院全不要了，住进爱人单位十平方米的筒子楼。我不爱坐机关，经常下乡，看到听到许多发生在乡村的新鲜事，接触了很多有特色的致富带头人。很快，我的小说就受到报纸杂志的喜爱，屡屡被刊登。到了1984年，年初我从干事提拔为宣传科长，年末又提升为地区文化局局长，成为全地区最年轻的正处级干部。同时,我的中篇小说已在国内大型文学刊物上发表,而在党校那里,我又成了他们的新话题——那个何申,原名何兴身,他能有今天的成绩,都是我们培养教育的结果……

多年后的一天,瑞雪飘飘,我陪客人去大佛寺,在大乘之阁前,遇见一位干校、党校的老同事,当年他是一听说要搞运动就兴奋得眼珠子放光的人,现在则变得稳当多了。他见我抬头看"鸿麻普荫"那块匾,说:"大佛有灵,可以让众多人同享福荫。"

转身凭栏眺望,眼前是我曾经住过的家属院,不远处是避暑山庄的宫墙和热河老城区,再往远望,山峦起伏银光闪烁,塞外大地充满着生机与活力……

2018 年 11 月

古城文人情

时间过得好快,告别津门北上塞外的情景还历历在目,但屈指一算,我在古城承德生活已经三十余载。说来连我自己都觉得好笑,参加工作后走的路本与其他人相同,即从机关小干事干起,一步步朝前奔。过去古人讲熬个一官半职,也好封妻荫子。但说实话,我还真不是特别想当官,只是大家都这么走着,你也得走。我的官运初来时的确很不错,年纪轻轻就当了局长,前程一片光明。但结果呢?走下来的我,却成了一个作家。

这是因为古城这里有一位郭秋良先生,是他助我走上文学创作的路,并最终改变了我的生活轨迹。如今,我这个年龄段的干部基本都让位给年轻人了,古城拥挤的街上少了些专车,可医院里却常见一些仁兄。冷不丁袭来的失落确实会让人难以承受,医学研究表明失去权力的后果之一就是免疫力下降,于是紧接着就痛感药价太高,然后再有一顿牢骚。

于是我要感谢郭秋良先生，感谢文学。由于他和文学的原因，使我数年前就主动辞去领导职务，把权力、专车、大办公室全撤了，一下变成了古城老巷里的平民。当时，很多人对我的举动都觉得奇怪或惋惜。但现在他们明白了，人家"老何"活得很自在。的确，我很自在。自在的表现之一是我忙得很，忙我自己爱干的事，忙得没有丝毫失落感。

而这一切，都源于1989年春天的一次大旱……

那年已到播种季节，塞北的晴空不酿一块积雨云，上下都扛不住了。没有"开发商"，乡间的小庙就唰唰盖起来，且香火旺盛。地区行署要求各部门头头立即到各自联系的乡镇去抗旱。我当时任文化局长，联系的是兴隆县六道河子乡，就是电影《锦上添花》小火车站的外景地。我去了，但偏那个乡旱情不重。不重也不能立马就走，就小住数日，其间与乡干部喝了不少啤酒，听了许多趣事，回来信马由缰地就写了个中篇小说，三万多字，名字也没细想，就叫《乡镇干部》。

写出来，心里却没底，拿着手稿就到了地区文联，时郭秋良先生任副主席。他经历丰富，创作已很有成就。早几年他写的历史小说《康熙皇帝》，第一版就发行四十七万册。我与郭先生的交往，一是他主办的文学讲习班，我参加了，并听过先生的讲课，与先生有师生之谊。二是后来我在文化局，与文联来往特别密切。三是我写的小说，不时在郭先生办的刊物或主编的书里发表。大

190

型杂志《燕山》，就是他和他的同事主办的。

在此之前，我虽然已在外面发过一些小说，但不是很顺。中篇《云雾缠绕铁塔》在《小说家》搁了一年才发。《孔家巷闲话》《国粹》等，在《长城》也一年才发一篇。而且都不是头条，发了也就拉倒了。那个时候的苦恼不是没时间写，而是不知道自己的创作方向在哪儿，写的东一榔头西一棒槌，缺少章法。同时，作品本身的风格也不行，无论结构、人物、语言，都缺少新意。因此，写出这篇《乡镇干部》，我自己心里也没底，想请高人给指点一番，看看能否改得更理想一些。

稿子给了郭先生，我心里也惦记着。过了两天我再去文联，郭先生说这个中篇写得不错，原汁原味很有新意，他已寄给《长城》的编辑赵英了。我心里一热，这是我没想到的。一般来讲，受人之求看稿，本来就是件操心的事，怎么可能又帮着寄出去，何况又寄给了赵英。赵英是《长城》的老编辑，这位老大姐是从承德去的省里。当初郭先生大学毕业曾分到承德日报副刊当编辑，赵英是他的组长。有这等关系，稿子过去之后，肯定受到特别关照。

算不算走后门不敢说，很快《长城》就在头条位置发了《乡镇干部》，卷首按语还着重介绍了这个中篇。但往下就没有任何熟人关系了：《中篇小说选刊》选登了这篇，这篇作品还获了省里的文艺振兴奖，还与其他几篇改编成电视剧《大人物李德林》。尽管我后来写了大量的乡村小说，但不少读者多年后一提起我的作品,首先还会想到《乡镇干部》。由此我的作品在整体上也被文坛称为了"乡镇干部系列"。应该说这个系列之旅,是由《乡镇干部》这篇出发的。

如此说来,这应该是郭先生慧眼识珠。先生实乃我之伯乐也。郭先生长我一十五岁,以二十年为一代的传统算法,应该是我上一辈之人。郭先生时任文联副主席、主席,故我也与众人同称"郭主席",但心中明白人家乃是老师、恩师。数年之后,我自己都想不到会在中国文坛上也有了一点位置,且随着作品的不断发表与年龄的增长而被读者记住。再与同代文人相逢,偶见有人趾高气扬不敬前辈,心中就不悦。我觉得不论走到哪一步,都不该忘记当年提携之人。细想想,郭主席自上世纪80年代初写《康熙皇帝》,同时又有许多散文佳作发表,京津沪诸多名家,都与他交往极深。而承德作家群一时声名鹊起,亦与他有极大关系。以古来陋习,文人难免相轻,郭主席与我非亲非故,帮一把也可以,但帮得如此尽心尽力,就显出其如大海一般开阔的胸襟。

事情还不仅在《乡镇干部》上。1990年夏,郭主席又为我操办了作品研讨会(由《长城》与地区文联合办)。规格甚高,特地请来了他的老朋友、《人民日报》的缪俊杰先生,还有省里的几位文学评论家。缪先生是大家,不轻易给谁写东西的,但在那之前之后多次撰长文评我的作品。他说何申的作品必将在文坛上产生重要的影响。但此时我却是个几乎没有参加过任何文学活动的默默无闻的业余作者,连个省作协会员都不是。那次作品研讨会上,与会者不断地用作家这个称谓称我,我愧不敢当,坐立不安。在我的心中,作家这个词与自己有着很大的距离。后来郭主席跟我不止一次地讲,从此以后就应该有作家的意识了。现在可以说,由于郭主席,古城承德多了一个作家,而河北文坛有了"三驾马车"中的一员。

我的第一本作品集名叫《七品县令和办公室主任》。那是需些费用的,两千元。但上世纪 90 年代初的两千元不是小数。郭主席找了副专员和财政局长,他一出面,就解决了。集子的序就是郭主席写的,叫《何申印象记》,写得十分精彩,许多人看罢都连连叫好。好就好在那序不像有的序是作者自己动笔,然后找大人物签个名。郭主席根本就不需要我提供任何材料,我也不知他什么时候就写出来,且写得生动耐读。2000 年我的"热河系列"小说结集时,自然又要请郭主席写序。这回我知道他是如何写成。时值盛夏,作为避暑胜地的承德亦酷热难当。郭主席说他热得睡不着,就为我写序。我还知道郭主席住在老楼里,家中没有空调。我很感动,因为那是边淌汗水边写的。这就正应了那两句诗——"洛阳亲友如相问,一片冰心在玉壶"。郭主席为提携后人,可谓呕心沥血。

郭秋良先生对承德是有大贡献的。古城承德之所以是历史文化名城,毫无疑问与避暑山庄和外八庙有关。承德这块土地,考古发掘表明人类生存及文化渊源俱为久远。多年以来，虽然有文人学者关爱此地，诗词歌赋道德文章也不在少数，但深研此地文化形态的论著，却一直未有得见。在我看来原因起码有三。一是旧时时世艰难，不是研究学问的时代。二是解放后有很长时间，承德一直背着"热河"派干伪思想包袱，一些人也确因此而遭批判，于是"地方特色"就成禁区。在此情形下，谁还敢谈及地方文化。三是对一个地方历史文化的研究，既发自个人的兴趣与追求，同时又要有深厚的学术功底，绝非一蹴而就之事。故此，历史到了新时期，就将这个重任赋予了郭先生。

1995年3月，郭先生在《文论报》发表《大避暑山庄文化雏说》，第一个提出承德地域文化乃是"大避暑山庄文化"的理念。这个极具价值的科学理念一经见诸报刊，立即引起文化界的重视。当时的《人民日报》副总编翟向东致信郭先生，对此给予高度评价，并在《人民日报》(海外版)全文转发了这篇文论。而后，《河北日报》、《社会科学论坛》、台湾《飞龙》杂志、《中国当代学者论文精选》、《新时期发展战略的理论与实践》等十几家报刊和文集都发表、收录此文。许多名家都认为郭先生提出的这个科学理念很有道理，应该深入地加以研究。然而很可惜，墙里开花墙外香，这种论说在本地很长一段时间里却受到了一定程度的冷落。

与此同时，我在写"热河系列"小说的过程中，深深感觉到清代文化对承德的历史和当下产生的极其重要的影响。可以说，将有清一代文化凝汇在一起的就是避暑山庄。演幻于避暑山庄内外的这种文化形态，既有别于北京的皇家宫廷文化，又有别于民间的市井文化，总而言之，这种承德独有的文化现象，是客观存在的，应该给予重视。当我仔细拜读郭主席关于"大避暑山庄文化"的文章时，一再感觉到那是一位智者对承德文化的先觉先悟。

于是，我结合自己的理解，写了几篇较长的文章，包括《关于大避暑山庄文化的思考》《面对山庄三百年》《斜阳下的山庄》等，还有那篇惹来一场争论的《山庄清晨有点躁》。在承德，研究山庄的人实在太多了，包括哪座建筑的屋顶有几根檩子几根椽子，在人家那里都能说得清清楚楚。我在动笔之前，确实反问自己，是不是要在孔圣人面前卖《三字经》，在关公面前耍大刀？当然，我写那些文章，还是动了脑筋的。我回避了自己的不足，突出了个人的优势，即事关山庄历史及文物的细节，只点到为止，而将历史文化思想加以阐述，并与现实的情况联系起来谈，这则是我擅长的。事实证明这么写很对大部分读者的口味。

不过，我也有"冒失"之时。《山庄清晨有点躁》那篇文章发表后，我根本没想到会有那么大的反响。反响来自两方面，一方面是文物管理部门和一些对山庄保护心存忧虑的人；另一方面就是一些晨练练大功的人。发表后最初的一段时间里，问题严重了，这些晨练者对我大为不满，避暑山庄德汇门内掀起一阵阵声讨。继而有人撰文反驳，更有甚者在大街上拦我，要和我辩论。

拦我的场面很可怕，就在山庄门外，时值晨练者潮水般地走来。偏那时我有事迎面走去，忽然就有人喊我，说你写那文章大家要找你呢。这还得了，顿时就有百八十人围上来。我一看不好，趁对方布阵尚未完罢，忙虚晃一枪，道声改日再说，就溜之乎也。此时绝非我理亏胆怯，实在是人数对比悬殊。

这件事后来由于省报记者前来采访，又在报上登了篇挺吓人的大标题文章《承德人要被撵出山庄》，同时网上也展开了争论，这就闹得满城风雨无人不晓。实话实说，这时我很希望有人能助我一下。但即便是日后表示很感谢我的文物部门和那里的专家，当时也未敢出头。还是郭主席，以及当地一些有识之士写了文章赞和，才使我得到些安慰。结果也不过两三年，山庄要庆祝建庄三百年了，在筹备过程中，忽然间许多人就感觉到还应该在思想上对山庄有新的认识，当初老何写的那文章上的观点挺值得深思。还有不少晨练者也对我说你当初写的确实是对的，是应该像爱护自己的眼睛一样爱护山庄，躁气实际对山庄也是一种损害……

回想这件事，我是想说人若想求得安稳，是有法子的，那就是少做事，或者少做与个人利益不相关的事，少讲有棱角得罪人的话，少写或索性不写别人不愿写不敢写的文章。但那又不是我的性格。我从郭主席身上看到了什么叫敢为天下先的精神，而这种精神的核心是无我，是为社会为他人。

热河泉边总是有游人在拍照,如画的景色使山庄美若仙境。郭主席对山庄情有独钟,况且那里与他家不过一箭之遥,他就常去那里走走。他徜徉于山水与古建筑之间,看似赏花观月,但我想他的心情是不平静的。自上世纪 60 年代初被分配到这座塞北小城,他在这里已经生活了四十多年。岁月无情,一头乌发终披秋霜,苦辣酸甜,朋友相聚痛饮琼浆。说来也是凑巧,与郭主席常交往者,或多或少都有些酒量。于是,每逢团团围坐之际,把盏相视,美酒好友,就有了许多意念中的境界。本来嘛,热河古城,虽曾为清朝夏都,常谓第二个政治中心和第二个文化中心,但毕竟已是如烟往事明日黄花。残破边城上的寒云,告诉京都北上人,莫念繁华烟火盛,须防夜凉添秋装。这也倒是好了,偏于一隅,往往就得存安宁。怪不得楠木殿的匾额书的是"澹泊敬诚"四个大字。康熙深明治世之道,戒烦戒躁,心平气和,方能安邦致远。

郭主席好静,好大处为静。进了豪华大馆,若是人声喧杂,上好的佳肴亦不顺口。街巷小馆,倘若清静,虽家常小炒,也会赞不绝口。我后来居家写作,时间变得相对宽裕,这时最喜之事,就是找一二文友与郭主席寻个静处小酌几杯。酒酣之时,郭主席却也喜了热闹,他抽着烟,常笑眯眯地听我等神侃,偶尔也插上几句。待到他对某话题有了兴趣,也会说上一段,那必是精彩之谈。偶尔有人说得口滑,半道抢话,多半是由我悄悄提醒。久之,席间话语虽多,却也有了秩序。热河苦短,武烈(河)空长。短者幽境何在？长者难觅橹樯。棒槌峰险，索道逾沟几道？双塔（山）异怪，旋梯是有几座（建了一座观光梯，大损景观，后拆除）？热河文人相聚，谈资从不计山水高低春短秋长，只管一路说将下去，直说得炭火成灰浊酒空空醉眼蒙眬，几位年少的才扶着郭主席尽兴而归。此一时又常逢明月高悬风轻柳摆，不知谁家窗里飘出悠悠歌声，最喜的是"小城故事多，充满喜和乐，若是你到小城来，收获特别多"……

一座避暑山庄从历史到当今把承德既荣耀了，也笼罩了。这是我心中一点很独特亦很微妙的感觉。说荣耀很明了，显然是因了山庄和外八庙而得。至于笼罩嘛，则是因为避暑山庄的色彩斑斓的光环实在是太大太强了，罩得这座三百年古城，就有些迷离眩晕。保不齐就有只知避暑山庄之风采而一时却叫不出承德市的。多少影视里晃动着红帽顶下的长辫，多少"皇上"和"众臣"在这名苑内外表演做戏。他们满脑子想的都是如何拍出一部叫座好看的作品，让自己成为大腕和明星。于是山庄之外的宾馆饭店就着实忙碌起来，热情的主人也慷慨地为他们备着酒席和一应物品。山庄的殿阁敞开来，青山处处可行。待到人走灯熄之后，除了字幕上留下一行工整的落款，往往还留下一张张无处追讨的欠单……

经历了一次次感慨，我就在那一个冬季的早晨，在绮望楼宾馆的房间里，看见郭主席和他的一干人马正在创作《避暑山庄大传奇》。这是一部长篇电视连续剧，是第一部由古城人自己做主的作品。待我钻入烟气腾腾的房间内，看到铺满一床的稿纸和资料，我的心就震动了。我深知这需要有极大的勇气和毅力。"赖有热河文气在，人间始觉重山庄。"这是当代著名作家袁鹰当初看了郭先生的文章之后写的。我深然之。如今，老骥伏枥，志在千里。郭先生的精神状态正应了这句名言。

郭先生自 1956 年开始文学创作，文学生涯将近五十年。而自 1961 年从京城大学毕业分配来塞北，他在承德生活已四十多个春秋。当年一介书生，如今享誉文坛。我和古城文艺界诸多好友经过一番商议，用了半年多的时间，组织稿件撰文拍照，终使一部版面讲究、装潢精美的十六开新书问世，书名为《高山景行播春风》。书中用丰实的文图记录了郭秋良先生文学创作之旅和几十年间承德文坛往事。我们用这部书表达对郭先生的敬意，同时也将我们文人之间的情谊深深地融入其中。

2006 年

为避暑山庄作赋

那日去离宫,见春风起处,湖水泛波,杨柳依依,人就心动。思想起与山庄相伴几十载,虽没少写有关的文章,但终是欠一篇大气磅礴文采飞扬值得石凿木刻之佳文。于是就想起了赋,即作,一二时辰过后,电脑上也就有了些文字。兴致正高,不待完稿,立即将五张四尺宣纸连起挥毫劲书。书时口中念,笔下添删,一时间书毕,却也就不能再改动。如是,赋成也!

我一直以为,好文章是动真情之时流出来的,而不是改出来的。包括我写小说,早先用稿纸,顶多就是哪页勾抹些许字,从不抄二遍。现在用电脑,边写边就调顺了。至于写赋,写题记,写序,更不能有未作思改之习。因为这些文字,古往今来多是即席而成,提笔开口就得献与众人面前,哪里容得你再寻个静处修理。当年王勃写《滕王阁序》,就是当众一句一句吟出来的。故古人讲文墨聚胸,情之所激,再有友人与美酒,就能文不加点立马成诗,却也是真正之心得。

予不才,岂敢上比古人文追前贤。然和所有承德人一样,心中山庄情结甚重也。忆青春年少,结友荡舟塞湖。秦晋之初,万壑松风秘语。阖家欢乐,老幼欢笑万树园。及至人生进取,寄情山水,夕阳无限,绕湖三匝,远方来客,同游名苑,如此等等千言难蔽,故道承德人一生最离不开之宝地,必为避暑山庄,实不为过,为山庄作赋,亦在情理之中也。

赋,乃古文体。赋讲求用典,言辞华丽,气势磅礴,是描述国盛民安山河绮丽极好的文学表现形式,古来多有佳赋名噪一时留唱后世。当今中国自改革开放以来,励精图治,锐意进取,金鹏展翅,国泰民安九州方圆。为弘扬中华传统文化,重振本地雄风,多有以赋记志之举。避暑山庄,深含炎黄先祖披肝沥胆开疆辟境之气概,尽畅康乾盛世天地万物民族和谐之惠风,再聚神州大地名山丽川楼台殿阁之美景,故不可不用赋文来记叙一番,不可不用赋文来颂唱一回。于是,激情于胸,箭于弦上,不发已不能耳,遂有《避暑山庄赋》耳。全文如下:

　　滚滚濡水,八万载远古激荡;巍巍紫塞,秦汉唐一龙腾翔。热河宝地,碧毯曾为牧马场;滦阳故里,上营把酒观夕阳。山川三万条,三万聚精华,武烈相伴古泉;岁月三百载,三百生奇境,山庄美名绵长。天造奇峰,地涌碧波,春来花艳,暑至风爽。神哉女娲! 伟哉炎黄! 九州绮丽,尽聚斯乡!

康乾盛世，民稳国安固疆；政通人和，强健仰仗山庄。京华俯视九万里，夏都地高二十丈。淡泊敬诚，心静不存杂念；天宇咸畅，神稳鸿鹄志强。丽正阳，勤政忙，颐志远，知鱼翔。日月交辉，霞彩绕梁，西子失纱，云汉皆章。紫陌大道，车头马尾相衔；座座行宫，曾待外使朝邦。更有庙寺环拱，记志国事桩桩。千手千眼福佑，黎民万众安康。安抚怀柔，春风摇柳接万里东归之众；金册金印，须弥福寿迎班禅远叩圣恩。神州和谐，民族吉祥，万树园喧，圣火正旺。东海一指，军进彭马，收复台湾，炎黄脊梁。

飞阁流丹，七彩祥光，碧波涟漪，翠岭异香。孟子云：天时不如地利，地利不如人和。昔者，建山庄不择川谷防御之固；卫夏都不仗兵众刀刃之光。全凭，人心向善，诚意为先，治国之策，大道无疆。后者，不论攻守之由，终是城下不战，黎民避却硝烟，亦为托福山庄。岁月悠悠，往事茫茫，虽有瑕疵，难掩辉光。承德赖有山庄，山庄灵动吾乡。高天厚土，九霄霓裳，坝上沃野，雾灵金黄。墨重七彩，绘我名苑，乐满八音，颂我山庄。龙腾寰宇行云雨，大乘吉祥聚灵光。九州辉煌曾统领，后人振兴定更强！

俯仰文明福地，拥抱吾之山庄。热河清澈，万众享飨，丽正门开，恭迎八方，鲜花云簇，美酒纯浆，鼓乐崩云，武士雄壮，高唱大风，曲动炎黄，先人流汗，河海田桑，千秋万代，永远山庄!

这篇赋如果给承德以外的人读,是需要做许多注解的,比如山庄景点名称以及由此联系而来的历史事件。但对本市读者,就省去了那些言词。但有几处还得解释一下:濡水,濡音 nuan,阳平,乃滦水(河)之古称。紫塞,指长城。秦筑长城,土色皆紫,汉唐亦然,故称紫塞。紫陌,旧谓帝都之道,亦指古御道,即从京城至承德的古御道。

丁亥(2007 年)初春

"热河"碧空

　　承德人逛避暑山庄看热河泉，爱说去"热河"瞅瞅。热河泉水从避暑山庄的东北隅地下涌出，流经澄湖、如意湖、上湖、下湖，再从五孔闸流出宫墙，沿长堤汇入武烈河，全长七百多米，很短，在一般地图上找不到它的踪迹。

　　"热河"的上空则与塞北长空连成一片，是正宗"碧空"的典型写照。一年之中，用土话讲，瓦蓝瓦蓝的日子很多，多得承德人习以为常。朋友从京、津来，早先都惊叹这里山庄和外八庙的美。那天是唐山的友人来，大冷天清早在宾馆大开窗户，做深呼吸，对我喊：真是宝地，这儿的空气也忒好啦！我惊讶，有这么好吗？天天都这样……

　　细想想，此处天造奇峰热泉涌动实为宝地不假，但眼前的"热河"碧空，却也来之不易。承德市地处河谷环抱之地，四下群山如壁，说围得铁桶一般也很形象准确。上世纪 80 年代后，人口增长楼群陡起,加之城区地域窄小,建得密不透风。冬日傍晚,夕阳未走,烟尘齐来。彤云之下,山也朦胧,水也朦胧,人也朦胧。进得屋来,鼻口皆黑……

说来外人可能不相信:当时偌大的避暑山庄,宫墙内外,几乎都要被各样大小现代建筑塞个满满。承德不少人一提起山庄格外亲切,说"从小在那里长大的"。这是句实实在在的话,即他们的"家"就在山庄里,确是山庄里生、山庄里长。家属院依山傍水,房前种菜屋后挖窖,大灶做饭,打柴搂草;大人上班,单位或就在宫内古建里;孩子攀树抓鸟下湖摸鱼,如入无人之境。日后搬迁宫外的厂房时,奇景出现——青石宫墙忽有连片雪白,近看,乃屋内墙壁也,上面还钉着挂衣服的钩子。天哪!原来那些房子的内壁就是宫墙……那真是,再好的宝地,也架不住人折腾;再敞亮的天空,也盛不下万千烟囱的日夜齐轰。

在我的记忆中,"热河"碧空的始来,是由山庄搬迁和市区取暖着手的。当时山庄内的搬迁量极大,不光有居民,还有驻军、医院、招待所。而宫墙之外,则是民众世代居住的老屋陋巷。三百年残砖未搬,三百载柴烟不断。但决心既定,上下同心,终于还了一个纯净的前清宫苑与世人。至于市民过冬,数年前完成的统一大供暖,也使高矮烟囱销声匿迹。此外,除了造林植树造坝蓄水,为保护山庄和外八庙,落实《文物保护法》,这座老城除了文物商业教育和生活设施,已鲜见工厂机器……

空气,是人最离不开的。本来,吸一口清新的空气,是再简单不过的事。现在,不少地方则要为吸一口清新的空气而奋斗了。仰望"热河"碧空,让人沉思。

2014 年 1 月

吃"派饭"

当年凡下过乡的人,基本上都吃过"派饭"。

同是吃"派饭",内中有讲究:单挑一家派一顿两顿,这家妇女得是村里出名的干净利索之人,且吃时有乡镇干部作陪,那是县级领导下乡;提前打招呼说,你们这几天饭菜做得像点样,小孩别屎呀尿呀可炕造,吃时有村干部陪着,那是乡镇领导下来;用不着旁人操心,这家吃完隔着墙头喊"明天到你家了,给我包饺子要韭菜馅"的,这是长时间待在村里不走的驻村干部。

我就在村里长驻过,最多一次吃了半年"派饭",村子不大,吃好几个来回。人多时三四位,少时就我一个,进院狗都不咬。

我最早吃"派饭"是上世纪 70 年代,那时社员家的日子还很艰难,有的就是"硬派"——不管你有没有粮菜,派到你家,你就必须做。社员善良,又好面子,哪怕出去借,也给你烙张饼摊个鸡蛋。我一开始不习惯:赶上个邋遢人家,一个瓢又舀泔水又盛粥;

干净点的,抓块抹巾使劲擦水杯里外;孩子多的,好几对小眼珠眨都不眨瞪着炕桌上的饼和鸡蛋,叫你无法下筷。但正是吃"派饭",让我和我的同辈许多人进入了茫茫乡村最小的"细胞"之中,从而知道了华夏大地支撑点的真实状况,并逐渐解开中国乡土文学这棵巨树生长土壤成分的构成之谜。

扎到村里吃"派饭",让我收获颇丰。自发表中篇小说《乡镇干部》后,又有《村长》《村民组长》《乡村英雄》等"乡镇干部系列中篇"发表,当中《年前年后》还获了首届鲁迅文学奖。于是就有评论写:"何申出生在农村,在乡镇工作多年。他对当代农村生活非常熟悉,所以才写出这些活灵活现的乡村人物和故事……"

我感谢夸奖,但不得不纠正:我真的不是出生在农村,也从没在乡镇工作过。说来惭愧,十八岁之前,我一直生活在天津市原英租界五大道的洋楼里,连山是什么样子都没见过。是知青"上山下乡"让我来到了塞北变成一名农民,后落户在避暑山庄旁的小城承德。有一阵子,我几乎要调回天津,但走在天津繁华的街道上,我却忽然想,在这儿还能写乡村小说吗? 想想,一点感觉也没有。

回到承德,1992年秋正好有参加下乡工作队的机会,我主动报名,就到了拍电影《青松岭》那个县的一个山村里。

改革开放后的农村这时一片火热,村里忙发展,村民忙致富,但许多新问题新矛盾也不断出现。有一天"派饭",派到了一户因什么事正和村里"较劲"的人家,刚坐在热炕上,男人火气还没消,沉着脸问:"喝酒不?"我说:"喝,干吗不喝!"妇女就拿过大雪碧瓶,那是当时装散白酒最好的容器,装得多且不怕碰,"咕咚咕咚"倒在大碗里,下酒菜是玻璃瓶肉罐头,盖儿不好起,用菜刀切开个口,用筷子搋出,全是白油,雪块子一般。但那么着,也吃也喝,要的就是这个劲儿!然后就唠,唠唠就有了笑脸,等到吃完了,嘿嘿,就变成大哥老弟的称呼了,先前的疙瘩解开多一半。又去一户人家,日子艰难,只有稀粥。见家中老娘面有愧色,便和她聊抗日往事,老娘立刻换了个人,滔滔不绝地讲当年自己十来岁,就跟着大人藏粮清野,日本鬼子搞"无人区",强迫住"人圈",她又和大人逃出,回到大山里住山洞,为冀东抗日部队站岗放哨的事。我夸大娘了不起,大娘乐得拍炕沿:"再来,包饺子。"又去一家吃"派饭",是先富裕起来的户。四碟四碗,男人不说话,倒是妇女问:这回要搞到啥程度?并说邓小平南方谈话发表了,政策不会变的。我赞成,并佩服村民明白大局,是改革开放的受益者,又是坚决拥护者。

吃"派饭",让我的身心都进入"乡村状态"。大山里的浓浓"地气",熏陶得我行为举止都如山里人一般,冷不丁来到大城市,实在无法适应。不用问,人家看一眼你走路的步态和眼神,马上就断定是刚从乡下来的。然而,这恰恰是那些年我的乡村小说作品喷发的最佳创作状态。假如我整天在城里、在办公室里,假如我只是偶尔坐车到乡下转一圈,假如我只会说些城里人常说的话语,那么,我就是再能编故事,也写不出那么多乡村的人和发生在他们身上的事。

当年,初到延安和解放区的作家是有一种高傲感的:从城市来,有文化,外出引人注目,穿戴鹤立鸡群,生活与创作也追求孤独。当他们带着菜金到农民家里吃"派饭",从不适应到适应,从吃不下去到吃得很香,从没什么可说的到聊得很热火,他们的作品才有了本质的变化。

然而说到底,"派饭"终归是乡村物质生活比较困难年代的产物。如今乡村经济迅速发展,吃饭已不成问题,"派饭"也就不存在了。我问新近下乡的同志,都是自己开伙。村里年轻的妇女,多不知何为"派饭","派饭"变得越来越遥远了。如今作家重返乡村采风,多在"农家饭店"就餐……

不过,这也是一种进步和必然:传统的乡村渐渐在减少,取而代之的是新兴的小城镇。土地依旧在,土地的主人变成了产业园区挣工资的员工。而乡镇变成市区,村队变成街区,村民变成市民,这又是中国农民祖祖辈辈做梦都不敢想的事。二十年前,我在承德市郊农村有一个吃"派饭"的联系点,这两年再去,已是一片高楼。我打电话,人家说,快来,咱家楼下两百平方米商铺开饭店,楼上有住房,这回你尽管来"派饭",想吃啥有啥。

我大喜,原来"派饭"并没有远去。远去的是老"派饭"。如今,作家要吃新"派饭",新"派饭"有新内容,吃了,肯定能写出新东西。

2015 年 1 月

《年前年后》的往事

1995年2月15日，农历猪年正月十六。自打腊月到这天，考虑到过年别给人家添麻烦，就没到县里去。没去心里痒，打电话问朋友年前年后县里都忙啥。朋友说年前开会、签字、送礼，正月电话拜年抢项目打麻将，还有好多趣事，你倒是快来呀！弄得我这叫着急。终于过了正月十五，年也算过了，正好隆化县委书记邀我过去，立即应下。

那时报社就一辆捷达小车，我是社长坐副驾驶位，后排挤了总编他们三人。年后第一次同行，都很高兴。有一位部主任特话痨，上车就开讲，旁人再搭话，说起群口相声了。天还很冷，路上空荡，车速较快。出了热河老城北上三十里，两边地势低洼，公路高高在上。突然前方出现一个左向急转弯，拐过去，坏了，路面上有冰！车子不由得就向右边甩。路肩有一溜枯草，膝盖高，眼见得车头把枯草压在身下，还向右偏。我喊不好！但无济于事……

司机还算有经验，若硬拐就翻了，只能一点点拐，但终是拐不过来，结果车子从路肩上哗哗出溜下去。下面是足有四十五度的碎石陡坡，两层楼多高，若是滚下去，起码得滚个七八圈，我们都得够呛。

不幸之中的万幸！只听咣的一声，恰恰就在坡下不远处，有棵半人高的小树，长得牢实，好像就为在那儿等我们，硬是把车给卡住了！打开右边车门，就跟倒豆子一般，我们都顺大坡骨碌碌滚下去。爬起来回头望，车子高悬在半空中。

这都是一瞬间的事，我们全傻了。定了定神，那位话痨也哑巴了。我问伤着没有，都说没啥事，但一身石渣尘土，也够狼狈的。前面有村子，过来俩人笑道，看你们开得挺勇，咋一眨眼没了呢。这地方去年下去十多辆，没打滚的就你们一份。

我也只能笑，说老天保佑。往下咋办？关键时刻，还得靠人民群众。去村里一家，屋里连打牌带扒眼的十来人。说看了电视剧《一村之长》吗？说才播了挺好的啥事呀。说作者的车卡在坡上帮帮忙。都过来，人多，一使劲抬起，把车头往右掉，然后一点点出溜到坡下地里，绕了一圈又上了公路。我忙掏了二百元钱表示感谢，人家也不客气，拿了回去接着玩。按说遇这险事，且出来不远，该打道回府。众人看我，我问清汽车没事，说："有惊无险，命大福大。继续前进！上车接着说。"

到了县里，沉住气，还是先谈工作（新闻报道的事），再说遇险。县委书记原先也写小说，说快摆酒压惊，又邀来几位善讲故事的老友。这里说的"故事"，是指县、乡、村新发生的趣事。那些事从他们口里讲出，语言生动人物鲜活，比我编得要强太多了。我体会，一个中篇当中如有七八处这样的桥段，整篇都跟着活起来。各县宣传文化系统都有公认的"高手"，这等好资源不可浪费，所以，但凡我到县里，总要想法和他们一聚。

早先县招待所吃饭都在大餐厅，赶集似的，说话听不清。后来有的用屏风隔一下，再往后有的就把一楼小房间改成单间。尽管简陋，窗户漏风暖气滴答水，大木头圆桌裂着大纹，破凳子不敢使劲坐，但无所谓。小间里一见，乐不可支。粗瓷大碗，八钱小盅，酸菜粉条，小鸡蘑菇，官厅大炮，烟熏火燎，一段一盅，其乐融融。

咋一段一盅呢？我酒量有限，但为表谢意，谁讲一段，我都主动干一盅。一段，有的就是三言五语，有的多一点。如说眼下县里有"四大名人"，这段随后就让我写进《年前年后》里，即"郝明利的眼，鲁宝江的喘，于小丽的殿（臀），刘大肚子的脸"。真人另有名字，组织部副部长眼神不好，人大主任呼哧带喘，都闹出不少笑话，写在小说里活灵活现。还有谁大冬天买啤酒一手一瓶，在街上侃大山，到家双手冻僵，叫"两手抓，两手都要硬"；等等。因为讲得多，再回忆时特容易混了忘了，为此，我就抓个什么记几个字。饭桌上就抓餐巾纸，那时餐巾纸质量差，硬，正好记，一段一张,吃完饭记一打,收获甚丰。

自头年10月开始报刊发行,我连着一个多月去了七个县,报没少订酒没少喝,装了一肚子县、乡干部的事,早就想写个中篇。那时县里干部都怕去乡镇,到乡镇连工资都开不出来,老婆都急,不调回来就闹离婚。但那也得有人去,去了还得干好,为乡镇的发展,为了村民日子,年前年后都过不消停……

这回有了!就写个《年前年后》。归来就写。上着班,杂事还多,到2月底,写了一万多字。突然来事了,市领导找我,让我去省委党校中青班学习。我说我1998年去过半年。领导说再去一次呗,全省一个地市就一个人。按老乡讲话,那是人家高看咱,咱得"识抬举",只好收拾一下,匆忙忙就奔了省会。到滹沱河旁的党校报到,还是当年的班主任,这位也太直,第一句话就说:你咋又来了?潜台词是:还没提拔呀。你说叫我咋回答,只能说惭愧啊进步太慢。忙拿了钥匙去房间,一开门我高兴了,一人一间。

这是我最渴望的。上次两人一屋,写东西不方便。这回好了。扔下行李,掏出稿子接着写,写了两页,稿纸没了。就找,才开班,好不容易从谁的床下翻出一本稿纸,是上期走时扔的。抖抖土,一写,纸薄,还洇,心说也不扔本好点的。那时没有自己花钱买稿纸的概念,党校离市里好几十里地,周边全是田野,小卖部就有牙刷牙膏肥皂什么的,也没稿纸,只能凑合用了。

纸洇,就得下笔快,鸡啄米似的,慢了洇得就厉害。开学,上午有课,下课关门写。吃饭也不扎堆,下午楼道热闹,有说有唱,我也不出去。一晃十来天,有人说这位怎么猫屋里不出来,是不是有啥事呀。班主任还来问:原先那班的多数都提拔了,你是不是触景生情心里不愉快?我说再有两三天就愉快了,没事您忙去吧。我深知,只要一出去一聊天,心就散了,人就从"年前年后"出来了,再往回找,不容易。

写得很顺,三万多字,原稿上略改改,行了。星期六,学员都回家,承德太远,我回不去,在食堂吃个熘肉片,犒劳一下自己。星期天去石家庄市里。挤小面包,挤上去人挨人,司机真不错,说你坐车盖上吧。坐到半道跳起来,摸摸屁股,滚烫。熬到市里,找个邮局,平信寄给《人民文学》编辑部。完事逛街,走走忽然想不对吧,信应该"挂号",这要是丢了也没处找,也没有底稿。又一想,算啦,丢就丢,反正我写了。再回到党校,我屋门大开,不光聊天,还找人拉胡琴唱京戏。熟了乱逗,有人说你那几天在屋里孵小鸡吧。我说没错,真还孵出来了。

稿子一去毫无音信,我也没处问。学期半年,天热了,快结束了,那天我正在阅览室看报,班主任递过本《人民文学》,说这是你的吧。我一看,《年前年后》,头条,还带一整页编者按,《何申的雄心》,是李敬泽写的,说何申的雄心就是这样贴近当下生活的作品,向时代深处挖掘……

随后,《年前年后》就被各选刊选登。《小说选刊》复刊头条,

219

又出"金刊"评金奖。到北京领奖，在国际俱乐部，自助餐，有大虾。我发言完了直奔大虾，连虾须子都没了。《人民文学》又评了特等奖。然后就有了鲁迅文学奖中篇小说奖。到北京住宾馆，和毕飞宇还有谁三人住一间，那位呼噜水平极高，我后半夜睡了一小会儿，毕飞宇坐了一宿。转天在人民大会堂三楼小礼堂，作协有人告诉我要发言，我说我也没准备，那也得发，简单明了，下来大家说不错。然后在前门找个饭馆吃了顿饭，就奔火车站买票。下午四点多的车，慢车，一站一停，七个钟头，晚上十一点半到承德，坐得腰疼。至于《年前年后》是谁报上去的，谁是评委，我到现在也不知道。

后来我又去隆化，路上特意看看那坡子那小树。再后来，改道了，连坡子带小树都不见了。

2015 年 3 月 6 日

220

花楼沟遐想

说起花楼沟这名字,您可能觉得很陌生。但凡是到过金山岭长城的人,又有谁没从这条沟里走过呢?车下京承高速,标识写得清楚,前行五公里至长城脚下。这条春日里山坡开满粉红色杏花的十里画廊,就是花楼沟。

我第一次与这个美丽名字相遇,是三十多年前的初夏。那时金山岭长城与外界的联系,全凭沟中一条坎坷弯扭的泥土烂道。还好,北京吉普身后冒黑烟,能像牛车一般颠簸前行。然未及半程,车里就有人坚持不住,说腰要折,脑袋已碰出包。停下歇一歇,问老汉这里叫啥名,老汉说这里叫"花楼沟"。"花楼沟!"众人顿时眼前一亮,浮想联翩:这一路行来荡悠悠晃悠悠,谁说不是坐花轿的感觉呢?掀起绣帘,前方又怎能没有壮观绮丽的花楼美景!

果然不假,当我们来到花楼沟的尽头,抬眼望去,芳草萋萋树木连绵的山弯里,赫然横亘了庞大的明代长城。青砖绿苔,坚如磐石;箭楼耸立,雄视北地。左右城墙如虎跃龙腾,沿山脊攀爬向峰巅;远方望京楼独立云间,遥望京华万家灯火……

这段长城保存得基本完好,绝对是个奇迹。说来我们应该感谢花楼沟的偏僻,外人很少能由此接近这段长城;感谢花楼沟人的善良,没有像有些地方将长城砖拆去盖房垒圈、建小高炉炼铁……我那时在承德地区文化局工作,陪省里和国家文物专家多次去考察,几番下来,专家认为这里是北京这一带长城的精华之一,很值得开发。经多年修复,才有了今日的金山岭景区。

金山岭早已向世人揭开了神秘的面纱,泥土路成为历史,花楼沟也变成车窗外一闪而过的一段道路,以至于很容易被人们忽略。但它还在。我每次来,总是提前下车,一个人静静地朝着长城脚下慢慢走去。我感觉,长城如果是一部交响乐,那么花楼沟就是它的前奏。伴着序曲接近长城,往往会使人引发一些思考。比如,此时论方位,我本是在长城以北,也就是在当年被抵御的北方游牧民族一界。按理说该是一步一登高气喘吁吁地抵近长城,才于守方有利,奇怪的是,花楼沟地势平缓,人临城下并未觉出脚下吃力。然登上城楼向南望去,则是陡坡直下旷野远在……

长城南北,平原草地,往事悠悠,干戈远去。人在花楼沟,攻守曾是哪一方? 一时间我明明知晓,却情愿迷茫。金山岭不是关隘,这里没有关口,但没有关口并不是就严丝合缝针扎不进风吹不过。仔细看,就在与花楼沟最近的城墙,包括从北边登城楼处,前后就有数个横贯城墙的券门。虽有木门关闭,但显然曾沟通着两边的风景。这不是后人掏的,是原状,是当年为便于长城两边通行,从一开始就设计好的。据史料记载,明朝金山岭这一带长城自建成后,从没有发生过大的战事,双边交往要远远多于摩擦。建长城的砖石,因地势便利,许多都是在城北烧造采取。当地老者说,上辈人口中相传,当年戚继光曾驻守京郊,闲暇时曾多次到关外骑马射猎,和将士畅饮当地的烧锅老酒。关外的牛马市与关内的粮布市只隔一墙,到后来索性拆个城豁变通道,成了连成一体的南北大集。

一墙隔南北,一墙亦连通关里关外。我听罢感慨不已:年少时来塞北插队,解放牌大卡车拉着我们穿过秦皇岛义院口长城时,同学们并没有什么想法,以为那不过是一道城墙遗址罢了。但随后的日子里,我们就领略了这道残墙的厉害——它是京津冀之间重要的区域界线。人和户口一旦到了长城以北,你和京津之间就等于隔了一道没有关口可通的厚厚城墙。办事、探亲、走动,需要持有各种介绍信和证件;途中吃口饭,三地粮票互不通用,手里有钱,连个烧饼也买不出来;本来山水相连东村西村沟南沟北,只隔了一道城墙,随后就显现出了发展的不平衡——南边住瓦房,北边是草房。北边盖瓦房,南已是楼房;人才往京津跑,姑娘往墙南嫁;北边开山伐树要致富,搅起风沙往南飞……有一位家住滦平县的盲人自称半仙,坐班车从密云回来,车过古北口,他自言自语:到河北地面了。旁人皆问:你看不见如何知道?他笑道:简单,北京的公路平,是桌面路。河北这边路差,坑洼不平。车下坑坑连着颠,不用说,到河北了⋯⋯

历史上,清朝的康熙皇帝拒修长城,视长城内外为一体。康熙和乾隆用了近九十年的时间在承德建了避暑山庄和外八庙,将一些国内民族矛盾消融在山野的惠风之中和庙寺的香火之间。这里凉爽的气候让他们头脑清醒睿智,一些重大决策相继做出,使得国家疆土得到保护和巩固。在没有铁路、高速公路的时代,各省督抚大臣的奏折由京城朝发夕至,使康熙感觉在此处办公与在宫中一样;而随后御路建成,车流人马终日不断,到乾隆年间,围绕着避暑山庄,一个北方的重镇已初步形成⋯⋯

一个很有趣的事情是,在河北省境内,长城的许多地段是京津冀区划的界线,看似雷池难越,其实又是三家相互交融难分你我的地方。金山岭与司马台是相连的,只是开发者不同,景区才分属于河北滦平与北京密云。天津蓟县的黄崖关,距蓟县县城三十公里,距承德兴隆县城则不足二十公里。还有流入京津的几条大河,源头多在河北承德境内,实可谓同饮一河水。再说滦平县的口音,不光与北京相近,而且更接近普通话,更标准。多年里,北京一些大机关大宾馆招待所专门到这里招服务人员,有一些地方还来这里招播音员;连滦平的保姆在北京也大受欢迎,都是因为一口流利的普通话。

走过花楼沟,登上万里长城,青山相连,天光一色。京津冀"一体化"协同发展,让长城三方的民众欢欣鼓舞。据我所知,三方为此早有行动,如为保护水源,承德沿河地域推行"稻改旱",为防沙尘,实行山地禁牧等等;京津则从财力物力给予承德大力支持。承德提倡"绿色崛起",宁愿发展慢一些,也要为京津送去清水蓝天。小小花楼沟则一马当先,十里画廊十里春风,一处处农家院打扮得如同山间花园,绽放着笑脸,迎接着京津与国内外的万千游人。

花楼沟,我的花轿,我的遐想……

2015 年 11 月

"红薯当家"的往事

在我国农作物中,同一个品种,因地域不同而称谓不同,"名字"最多者,大概当数"红薯"吧。红薯又名番薯、甘薯、山芋、番芋、地瓜、红苕、线苕、白薯、金薯、甜薯、朱薯、枕薯等等。当年我插队的塞北山村,单叫一个"薯"字。才想薯是什么,锅盖一掀热气扑脸,同学们都乐:"这有嘛,这不就是山芋嘛!"傻乎乎下手就抓。社员说:"这伙天津来的'三鱼'(山芋),让薯烫得左爪倒右爪的!"

在村里待长了,才知道红薯功劳太大了。没有红薯,一村人的日子真不知该如何过。那地方"七山二水一分田",入到画中美,实际产粮难。坡地贫瘠,高粱谷子打得少,就靠多种红薯。红薯一亩地少说也产两千多斤,吃到嘴里虽然没高粱米小米干饭香,但终归能填饱肚子,往下还有力气接着下地干活。

红薯是个宝,先说收。刨红薯是秋收收尾的活儿,男劳力刨,很累。讲究左右前三镐就刨出一嘟噜红薯，薯皮不蹭破一点，不比今天爱护新车车漆差。女劳力随后捡薯攒堆，收工就分。估摸好总量人均，两人抬大秤，从村东头人家排起。队长喊："老三，五百。"老三两口子和仨小子，每人一百斤。又喊："于老四，一千。哼，美死你!"于老四养了八个，分粮占大便宜了。我和同伴是一户，二百斤扛回去，倒出来也是一地。

高粱谷子到家，往板柜或仓格里一倒即可。可红薯到家，才仅是漫漫征程第一步。当夜，先拣。选些齐整的下窖，留着冬天吃鲜；小把头子，放一边蒸了晾熟薯干；绝大多数的薯，洗净，切薯片。切薯片不能用菜刀，那样手腕累断也切不完，得用薯刀。薯刀是一长木板，中间有长孔，刀固定在孔上留一缝隙(薯片厚度)，按住红薯，使劲推活动木柄，唰，一大片闪着汁液光泽的红薯片就落在板下的筐里。

那一夜，小村家家不眠，薯刀撞击的叭叭声连成一片。我喜欢诗，学李白的"长安一片月，万户捣衣声"，也有习作顺口溜："山村一片月，户户切薯声。秋风吹不尽，总盼来日晴。何时口粮足，红薯当'营生'。"解释两点，"来日晴"是因为鲜薯片需要晒干，天晴最重要；"营生"是当地口语，意思是不当主粮，只当成个解馋的小吃食。

下乡头一年，我和同伴分了三千斤红薯，折合口粮六百斤。那年人均口粮三百六十斤，也就是说，其他带粒的如高粱谷子，我们两人总共才分了一百多斤……难怪转年有盲人路过,于老四求他给小儿子算算。问你儿子啥命? 于老四说:"薯命。没奶,月子里就喂薯了。"想想,怪让人心疼。

不过,清晨将薯片担到山上,拣朝阳石崖或碎石坡一片片摊开晾晒,还是给了我很多遐想。蓝天如水,秋阳火艳,不出两天,鲜薯片就变成雪白的薯干。远远望去,一片薯干,一朵白云。人在其间,飘飘欲仙。然而急急奔上,意境却无。便清醒,还是脚踏实地,收获我的劳动果实吧。

薯干要放在大席篓中,篓花不要密,须透风,薯干不怕冻,怕潮。如果家里来了相亲的,一看到那大席篓,满满的,雀白雀白——好! 这家日子厚实,闺女嫁到他家享福。有天,一老婆婆突然来我这儿,进屋对我好一阵瞅,刚要点头,不料随手抓片薯干嚼,哎呀一声,转身便走。事后得知那是个媒人,回去说可不能嫁给那知青,连个薯干都晒得雀苦。我知道是咋回事:阴天下雨,我懒,没从山上往回捡。淋了雨的薯干,再晒干有黑点,味苦。不过,味苦的薯干,也成全了我日后走出山村。当时有政策,结婚的,上学、参军、选调都不要。

春风和畅,阳气上升,生产队育薯秧。先做薯炕。确如大土炕,两排十几铺,真炕能睡半个连。上铺苇席、细河沙,将红薯从深薯井取出,尖头朝下插在沙中,盖草帘,下面点火"烧炕"。这是个技术活,由队里几位老者执掌。温度低了不出秧,温度高了薯

228

熟了,其间不断淋水调温。若干天后,掀起草帘,满炕都是嫩绿的薯秧。

栽薯秧,要挑水,连最壮的汉子一想都发怵:一根扁担俩水桶,从沟底小河起步,一步一登高,登到半山腰,还得接着挑。地里,年老者刨垵,妇女抹秧、浇水、封垵。连干十多天,肩膀子压出死肉疙瘩,换来一坡坡直挺挺的薯苗。老天若给一场雨,再看,一天一个样,用不了多久,红茎绿叶的薯秧薯叶就把山地封得溜严。天大热,再翻秧,免得乱生根,这样,就完活儿,只等秋天刨了。

话说回来,席篓里的薯干,不能整片吃。春日干爽时,要轧成面才行。那时,男人把薯干扛到碾道,把驴套好,往下就是女人的活儿了。一声吆喝,驴转圈走,石碾轧在干脆的薯片上嘎嘎作响。母亲用小笤帚边扫边续,闺女在一边用细箩筛。薯面白如霜轻如烟,转眼就将人、驴和整个碾道笼罩了,娘俩从头到脚变成了白雪仙姑,打个喷嚏,眨眨眼,云雾分开,才看清谁是谁。

薯干面白过富强粉,可惜一沾水就现原形,黑里发红。一般是贴饼子,趁热吃,黏黏的发甜,这就是春夏秋当家的干粮,可以放开肚皮使劲造;只是一凉了,就灰黑死硬。我去邻队山里打柴,人家放狗撵,情急之下,掏出个薯干饼子打去,狗瘸着跑了。当然,这跟我做饭手艺太差有关,火大了。社员做得好做得巧,用礤通把和好的薯干面擦成小豆豆,煮熟,用凉水一过,小蝌蚪状一碗,放上佐料,甜咸酸辣,自己调配。那味道太好,人家请我吃,我没出息,撑得下不了炕……

不过,红薯终归是红薯,不管怎么做,吃多了,就烧心,吐酸水。当地人因此得胃病的不少,我日后胃不咋好,跟那几年吃红薯太多也有关。说到底"红薯当家",既是一段往事,也是一段历史。后来我重返山村,时值夏季,想看看红薯地,竟然很少见。老房东说:"红薯当家的日子早过去了,想吃,只能在园子里种几垄。"听罢,令我感慨不已。

前些时,有作者让我为他写的剧本把一下关,别闹出笑话。写的是宋朝,内中有在小店吃红薯的情节。我隐约觉得那时红薯即番薯尚未传入中国。查书,果然。番薯最早由印第安人培育,后传入菲律宾。16世纪,有两位在菲经商的福建人,设法将一些番薯藤(秧)编进竹篮和缆绳内,瞒天过海,运回了福建老家,遂种植并遍及国内各地。

如此说来,红薯是明朝时传进来的,宋朝人还没有吃红薯的口福,倘若有,武大郎大概就不卖炊饼而卖烤红薯了。现在,红薯已成营养食品,又确实是饭桌上的"营生",我隔三岔五都要吃点,不吃就想。秋天,还带家人去乡下刨红薯。我外孙第一次去,刨出红薯说:"还以为是长在树上呢。"报纸上说,现在城里孩子都不知红薯、土豆长在哪儿。

由此我就想写点什么。联系我的独特经历:塞北本来盛产高粱玉米谷子,独我插队那里"红薯当家",心里又存有不少关于

230

红薯的往事。于是,吃了一大块热腾腾的红薯后,就信笔写开来……

2016 年 12 月

为"诗上庄"作赋

　　五年前,腊月二十三,过小年,我初次去诗人刘福君的老家兴隆县的上庄吃杀猪菜。时值燕山瑞雪飘飘银装素裹,景色无比壮丽,然遥遥山路,蜿蜒崎岖,石壁扑面,一时间我还是忍不住想:这么深的山沟里还有村庄?

　　有! 上庄,就依偎在"八百里燕山、六千尺雾灵(山)"的深处。那日,上庄一片喜庆,吃着丰盛的杀猪菜,福君讲了未来五年的新构想,他要和乡亲共同努力,把上庄变成全国乃至国际上有名的"诗上庄",让这片青山绿水变成满含诗情画意的美丽乡村。那夜雪停了,我俩都睡不着,躺在热炕上,透过明窗望夜空。银峰之上,月色清朗,繁星点点,天幕深远。我捅捅福君:来一首诗吧。福君喃喃地说:上庄就是我的一首诗。五年之后,你再来看,上庄如诗一样美……

　　我说:你真的要大干一场?

福君说:绝对的。

我将信将疑。但能等上五年再来吗？不可能!

于是,往下五年里,如同领了任务,我年年起码要来上庄一趟。今年夏天,我带老伴和上高中的外孙又去上庄,车过半壁山,先见漫坡高大茂盛的栗子树。再往前行,采摘园里各种瓜果,让老伴外孙吃得直喊太甜太饱。又前行,恒河漂流惊险刺激,因时间紧没让外孙去,他生气坐车里不说话。而一旦望见了上庄,外孙忽然喊:这是哪儿呀,好像仙境!

是的! 真的如仙境一般! 而且是用古今中外名诗绘成的仙境。山壁上,道两旁,河边、村路、广场、房舍、村民活动中心,无处不有题刻,无处不现诗文。李白、杜甫、雪莱、泰戈尔、歌德,还有诸多当代诗人,就从那栩栩如生的雕像,以及漫长诗墙上,穿越了时空,向这里缓缓走来。只是,来到这里,他们要做的第一件事,是欣赏这大山里的风光,和诗一般的美丽上庄……

我讲给外孙,这是一个诗的山谷,一个诗的山乡,这里的农民多会写诗。外孙还有些不相信。诗墙前有几个儿童,外孙问认得上面的字吗? 儿童说认不全但能背。说背一首吧。他们喊声一二,就齐刷刷念:"花半山,草半山,白云半山羊半山,挤得鸟儿飞上天。羊儿肥,草儿鲜,羊啃青草如雨响,轻轻移动一团烟。"这是刘章老师的《牧羊曲》,外孙说他也喜爱诗歌,读过,于是说信了,佩服。

老伴说:这里是农村,农民念诗……

我笑了,老伴也插过队,我知道她心里想什么,就领他们往村里走。只见一排排青瓦白墙的农家院,隐身在树林之中,那是新建成的"新村",五十多户村民已入住;山坡有一些老房屋,不再迁动,正做贴面保温的改造;一溜路灯的造型,是大红的中国结;村部旁的游客接待中心,主体已经完工;设计中的上庄酒堡,已平整完土地;以刘章旧居为核心建的诗歌馆,已经完成浇筑框架……

福君很热情地接待我们,饭后散步归来,外孙说姥爷这里怎么没见你的诗,老伴说你该为这写点什么。对此,我很惭愧,来上庄五年,上庄已成诗上庄,而我却写她很少。那夜又值月光很好,我亦难眠,福君的书房就在一旁,笔墨俱全,进去沉思片刻,提笔挥毫,于是就有了一篇《诗上庄赋》:

京师东北,雾灵朝霞,染燕山褶皱炊烟;热河南楣,五指星斗,映恒河源头灯火。峰峦丛中,白云生处,藏清溪十里,青山两列;灵性山水,上庄宝地,育诗人辈出,文坛独秀。

一隅偏乡,人丁五百,中国作协,四位登堂,国内独有;上庄诗派,众星拱月,诗书耕读,人有过百,诗花烂漫。花半山、草半山,白云半山羊半山,刘章开一代乡土诗歌新河;《上庄之上》,八百里燕山、六千尺雾灵,向东书上庄独有心得;青青子衿、悠悠我心,福君叙《母亲》《父亲》,感人至深;《边城小店》《夜宿美林》,刘芳唱绿色欢歌,辟散文一片天地。

君看东佛山下,新农舍,老林桑,晨雾撩起是诗乡。家家门配诗联,户户窗含诗意。农妇磨豆,亦云赛霜傲雪;童子相遇,笑问客从何来;耕读人家,闲聊李白杜甫;牧羊老汉,常讲赤壁大江。厚道传家,民风日渐淳朴;诗书继世,村俗崇尚良善。

上庄荣光,贵有赤子。福君情深,回报桑梓。文化为媒,引八方文友聚上庄,同圆诗梦;旅游唱戏,携父老乡亲谋发展,共同富裕。

一石一诗,一山十篇,百石百诗,百山千篇,千篇万句诗满山,上庄由此换新颜。上庄升华诗上庄,美好前景看明天。

友人来访,心神向往。山重水复,柳拂弯路。花草艳丽,诗题石壁。白玉为书,雕塑林立。驻足凝望,古今联想。又见,诗作连墙,名句千行。百家石刻,赛诗广场。老幼诵读,诗声琅琅。蓝天洗尘,青山养性,一时恍入,诗家仙境。梦里寻她千百度,今朝回首,就在大山深处。

丁酉夏末,金秋将至。重访诗上庄,一路观诗,心旷神怡。月上东山,枕边流水,情至挥笔,即成此赋。

2017 年 8 月 29 日

同龄人的选择

　　我属虎,今年虚岁七十。年少在天津,对国庆节印象最深:先是在街边看欢庆队伍,后到海河广场列队通过检阅台。碧水滔滔,蓝天白云,红旗鲜花,张张笑脸,让我小小心灵随着白鸽飞翔志向高远:长大要做一个对国家对社会对人民有用的人。在尔后漫长的岁月里,我曾做过几次"重大"的自我选择,选择的结果是:面向乡村,深入生活,扎根人民,用文学作品回报我的祖国。

　　记得那是1979年国庆日,新中国成立三十周年,欢乐的锣鼓响起来,声声震动了我的心——经过五年插队三年上大学毕业参加工作,此时的我已是承德地委党校的哲学教员。入夜,星光灿烂,秋风送爽,我想,新中国走过不平凡的三十年,历经坎坷,如今再扬航帆,前景令人振奋。而我呢? 三十而立,家已有,"业"何在? 机不可失,时不再来,眼下确已到了给自己制定人生奋斗目标的时候了!

此时的家属院,业余生活一片丰富多彩:打家具、盖小棚、种瓜果、玩扑克、下象棋……而我则独爱看书。广读中外名著,浏览各种文学期刊,品味一篇篇令人心潮起伏的小说新作。既然如此,选择也就明了简单,即业余时间主要干一件事:写小说。如果说先前经历的事多是身不由己,那么,这是我人生道路上第一次主动的自我选择,将文学创作作为终身追求的目标。

我自幼喜爱文学,有当作家的梦想。说干就干,想想我从天津市原英租界洋楼一路走来,往事万千,开笔流畅,并不费力。然作品屡投少中,难得发表。一写三载,浓发渐稀,生活窘迫,穷而愈坚。总结思考,道理明了:囿于小我,很难成功。只有胸怀天下,接近民众,感悟时代,才有收获。1982 年国庆节假日,我搬家了。舍了家属院的房子院子棚子,挤进妻子单位筒子楼十平方米一间小屋;工作也调动了,到承德地委宣传部当干事,从六年教龄的教师,变成一名普通小干事。有人替我惋惜,说放着安稳工作和生活不要,为何自找苦吃……

但我高兴,这个"苦"我愿意吃,而且必须吃!吃了才有丰厚回报。果然如此,走出校门,离开三尺讲台,面对千里塞北大地,我如鱼得水,素材多多,作品迭出:有两位农村姑娘包荒山,记者问婚事咋办? 姑娘戏言"谁有志绿化荒山就嫁给谁"。文章在《中国青年报》发表,很快,信件如雪片般飞来,更有十数人千里找来要成亲,一时成了县里头号新闻。暑夜不眠,我在招待所灯下看信到天明,不觉脚被毒蚊子叮肿,转天打针继续采访,写出短篇小说《春水岭的新闻》;又在某县为致富能手戴大红花骑马过街时,和电影《青松岭》里钱广原型一路到他家,一聊半宿,感慨过往,喜赞改革,很快写出小说《晚霞染红青杏沟》,皆在省报副刊整版发表。1983年,参加本地电视塔建设争议调查组,连开二十多场座谈会,个别谈话无数,又到高山微波站查看,坐铁斗缆车,大雪狂舞,百丈深渊,一根细钢丝拉着滑轮吱吱作响,同行人当时就犯了心脏病。后来在单位写调查报告时,忽然意识到这是太好的素材,下班回家就开笔写小说。斗室夜深,人坐马扎,方凳为桌,背对床铺,报纸遮灯,很快写出我的第一个中篇小说《云雾缠绕铁塔》,转年在《小说家》发表。由此,我就悟出门路:只要认定生活是源泉、是老师,素材就滚滚来,作品发表就不难,比闭门造车生编硬套不知强多少倍!

1984年,一次重大选择摆在面前:年初我从干事提升为科长,年末又任地区文化局局长,一年内连升四级。好心人私下对我说:你一年从干事到局长,且越过副科、副处,是全区最年轻的正处级。前景不错,但你写小说这事,可能会影响你的前程。

人家说得不无道理。是放下笔一心走仕途呢,还是继续坚持业余时间搞文学创作?我很快做出选择:工作一定要做好,小说则要继续写下去,而且要写出贴近时代、贴近生活的作品。往下几年里,我最爱的事就是下乡、下乡、再下乡。

那时承德地区八县三区二百多个乡镇，我几乎跑遍。大山深深，道路崎岖，一辆旧吉普车，几个出行人。司机笑言，咱这是"山重水复疑无路，拧达拧达又一村"。我说这是"莫笑乡镇路扬尘，生活源泉动我心"。到乡镇后，立刻检查文化站人员房屋活动是否"三落实"，再和乡镇干部、文化站工作人员交换意见。天黑就住下，睡伙房热炕，抽大师傅的旱烟，聊乡村的诸事。夜半入眠，清晨起来喝碗粥，接着往下一个乡镇走。由是，乡镇里许多人与事，都深深印在我的脑子里，随身带的工作记录本，也成了我的创作素材本。

电影《锦上添花》小火车的外景地，即在兴隆县六道河子乡。1988年夏抗旱，我在那里的大车店住了半个月，整日和乡干部一起往各村跑。回来几晚便写出中篇小说《乡镇干部》，随即在《长城》头条发表，编者按说：这是一篇描写乡镇干部的"原汁原味"的佳作。《中篇小说选刊》很快选登。随后，《七品县令和办公室主任》《村民组长》《乡长》《穷县》《穷乡》等数十个中篇相继发表，被称为"乡镇干部系列"，各种选刊纷纷转登并屡屡获奖。评论家雷达著文说：新中国成立以来写乡镇干部的作品不少，但如此排炮般密集写的，何申是第一人。

而我的工作并未受到影响，全省基层文化工作经验交流现场会在我区召开，我局主抓的典型县被评为全国群众文化工作先进县。那么，文学创作时间从哪里来？很简单，只要下了班，除了吃口饭,其余所有的时间都用在写作上,甚至正月初二去岳母家吃饭,饭前还躲到放杂物的小屋去写。至于每个国庆节,更是我的好日子,睡醒了就写,整瓶钢笔水眼见着一瓶瓶写光。每个夜晚,钟表指针不过零点乃至一两点,很少上床休息。

1992 年,我又面临一次选择:天津市委宣传部同意调我去任文艺处处长,并给一套住房。机会难得,条件优厚。此时,我的老母亲尚在,她非常希望我能重归故里。夏天,我和爱人孩子到避暑山庄照相留念。随后我去天津联系,走在楼房林立的街道上,忽然问自己:生活在这里,当然高兴,但还能有写乡村小说的感觉吗? 回答是明确的:很难,甚至没有……

真像京剧唱的:一瞬时……心里空荡荡,充满失落感。津门故里,那是我长夜里的梦中思恋;塞北乡村,则是我耕种的精神家园……人未归,割难舍,心纠结,愁煞我……

说来可笑,这次选择的最终结果,却是电视剧和长篇小说定夺的:此时我已"触电",夏末,继《一村之长》《男户长李三贵》等,又有我编剧的《青松岭后传》和《香水泡子》同日在塞北两县开机。爱人的工作调动一时难以落实,那边急着找我。我赶到剧组,做剧本的最后修改。随后又忙工作又忙着写长篇。到了冬天,当三十二万字的《梨花湾的女人》手稿要送出版社了,忽然想起:还有回天津的事呢! 然时过境迁,心绪早已安然。那一日登华北第一高峰雾灵山,遥望津门故里,心中感谢天津市委宣传部;

回首俯瞰燕山群峰，也罢，乡恋何从归故土，且把他乡当故乡吧，就此扎根承德近邻乡村吧！

1993年，我调任承德日报社社长。上任之初，我主动选择去农村待半年，任驻村工作队长。雾灵山下，长城之畔，我和村民同吃同住同忙碌，派饭接连吃上百顿，不仅对村里的事熟谙在心，自己也变成乡下人。冬天，北京来电话，我胡子拉碴穿件旧大衣奔去，找到了京西宾馆，门卫见了说：快走，这不让进大车！把我当成车把式了。报到后，才知我荣获了"庄重文文学奖"，还要在人民大会堂开会领奖。别人说你这一身行头太差，我赶紧去西单买新鞋。过长安街，汽车飞驶，别人嗖嗖过，我硬是不敢，还是一位老者说，是从山里来的吧，把我带了过去。买鞋归来，又被一中年妇女拉走帮她去"试衣服"，要不是到了开会时间，肯定被骗。事后细想，此时我心神全在乡村、全在小说，身入心入；眼无旁物，而这正是写作者的最好状态，十分难得。

1998年夏，为写长篇小说《多彩的乡村》，我又做出一个重大选择：辞去承德日报社社长职务。话一出口，众人皆惊：眼下人家都争官，哪有辞官的？有朋友说如今要有"房子、车子、票子"，必须有当官的位子。别人争位子都争不着，你有位子却不坐，疯了？我笑道：我没疯，我很清醒。当社长，单位有套间办公室，外出有小车坐，请客用公款。但这些对我毫无吸引力，我不稀罕，我要的是时间，要的是反映乡村生活的作品。几经申请获准，立即退房退物,骑车回家写作。此时我四十七岁,从此无权无欲,门可罗雀,淡泊明志,宁静致远。半年后写出四十五万字的长篇,随后又写"热河系列"中短篇,再写散文随笔,又习书法……

如今回想,我感谢文学,让我贴近人民,跟上时代,远离权钱,保持纯真。其间,还曾有这样的乐事:我当选全国人大代表,去北京参会头天晚上,市里有送行仪式。我骑车到宾馆,见锣鼓声声队列两厢,心里正高兴,突然被人拦住不许进去。许久,市领导焦急地找出来,见到我问:何老师,你怎么不进去? 我说人家不让进。领导发怒,拦我的人说,谁承想他会骑自行车来。

人生七秩,喜逢新中国七十华诞。托新中国的福,我又有安稳幸福的晚年。老骥伏枥,志在千里。不忘初心再扬鞭,面对未来,我的选择是,继续写下去,记录新时代,书写新时代,讴歌伟大的祖国!

2019 年 8 月

"小说家的散文"丛书

（以出版时间先后排序）

图书在版编目（CIP）数据

我的热河趣事／何申著. --郑州:河南文艺出版社,2022.7
（小说家的散文）
ISBN 978-7-5559-1342-9

Ⅰ.①我… Ⅱ.①何… Ⅲ.①散文集-中国-当代 Ⅳ.①
I267

中国版本图书馆 CIP 数据核字（2022）第 078773 号

选题策划	陈　静	
编　　选	靳凤岗	
责任编辑	党　华	
书籍设计	刘婉君	
责任校对	梁　晓	

出版发行　河南文艺出版社
本社地址　郑州市郑东新区祥盛街 27 号 C 座 5 楼
承印单位　河南瑞之光印刷股份有限公司
经销单位　新华书店
开　　本　787 毫米×1092 毫米　1/32
印　　张　8
字　　数　154 000
版　　次　2022 年 7 月第 1 版
印　　次　2022 年 7 月第 1 次印刷
定　　价　45.00 元